Italo Calvino

Il castello dei destini incrociati

伊塔羅・卡爾維諾

命運交織的城堡

倪安宇 譯

Contents

命運交織的酒館

079

跋

170

序

《命運交織的城堡》於一九七三年十月由艾伊瑙迪出版社出版。卡爾維諾為收錄兩篇故事的這本書撰寫說明如下，詳細解釋他如何動念構思，以及發表和出版歷程。今天奧斯卡叢書重新出版《命運交織的城堡》，便以此說明為作者序。

這本書收錄了兩個故事，其一是〈命運交織的城堡〉，最早由位於帕爾瑪（Parma）的法蘭克．馬利亞．李齊出版社（Franco Maria Ricci，以下簡稱李齊出版社）收錄在一九六九年出版的《貝加莫和紐約典藏威斯康提塔羅牌》（*Tarocchi, Il mazzo visconteo di Bergamo e New York*）一書中。今天艾伊瑙迪出版社這個版本之所以附帶塔羅牌縮圖，是為了喚起大家對李齊出版社版本原樣原色重現威斯康提塔羅牌的記憶。威斯康提塔羅牌是十五世紀中葉柏尼法丘・本博[1]為米蘭大公繪製的塔羅牌，如今部分由義大利貝爾加莫的卡拉拉美術學院（Accademia Carrara）收藏，部分由紐約的摩根圖書博物館（Morgan Library）典藏。另有數張牌遺失，其中「魔鬼」和「塔」在我的敘事中占有重要地位，因此故事說到這幾張塔羅牌的時候，無法在頁緣陳列相對應的圖像。

第二個故事〈命運交織的酒館〉同樣是以塔羅牌為架構，不過用的是自超現實主義時期以降就格外受到文壇青睞，今日於坊間也比較廣為人知的另一副塔羅牌：馬賽「紙牌大師」尼可拉斯・康維爾（Nicolas Conver）於一七六一年製作的「古代馬賽塔羅牌」復刻版（由法國格里莫紙牌公司印製，不過實際上採用的是保羅・馬丁「注解版」）。[2]跟前述泥金彩飾畫風的威斯康提塔羅牌不同，這副復刻版馬賽塔羅牌的尺寸較原版小，雖然魅力不減，但顏色不同於原版，跟現今義大利普遍當作一般遊戲用紙牌的塔羅牌十分相似。不過義大利紙牌牌面是用裁剪成一半的人像上下顛倒組合而成，而馬賽塔羅牌的圖像則是全身像，雖然線條粗略但具神祕感，可以進行不同解讀，分外適合我拿來說故事。

其中有幾張大阿爾克納牌的法文和義大利文名稱不同。例如，法文稱「上帝之家」（La Maison-Dieu），義大利文是「塔」（La Torre）；法文名為「審判」（Le Jugement），義大利文是「天使」（L'Angelo）；法文版的「戀人」（L'Amoureux）是義大利文的「愛情」（L'Amore）或「戀人」（Gli Amanti）；法文用單數「星星」（L'Etoile），義大利文用複數「群星」（Le Stelle）。我依情境需要從這些命名中選用（至於「魔術師」無論是法文Le Bateleur或義大利文Il Bagatto，字源皆不明，而且兩者唯一明確的牌義是塔羅牌中的編號一）。

我之所以想到用塔羅牌組合推動敘事，是因為義大利符號學者保羅．法布里（Paolo Fabbri）於一九六八年七月在烏爾比諾（Urbino）舉辦的《敘事結構國際研討會》上發表的一篇論文〈紙牌占卜故事與象徵語彙〉。最早分析占卜紙牌敘事功能的研究有蘇聯符號學家列科切瓦（M.I. Lekomceva）與烏斯別司基（B.A. Uspenskij）合著的〈紙牌占卜之符號體系〉，以及雅哥羅夫（B.F. Egorov）的〈最簡單的符號體系及情節類別〉（義大利文翻譯由主編雷莫．法卡尼及安伯托．艾可收錄在《符號體系與蘇聯結構主義》一書中，彭皮亞尼出版社，一九六九年）[3]。我無意將這本書跟那些研究方法嚴謹的論文相提並論，但我從前述幾篇論文認識到，每一張牌的牌義取決於它出現在牌陣中的位置，及其前、後兩張紙牌。於是我從這個概念出發，根據我的故事需求，開始自由發揮。

關於塔羅牌占卜和圖像詮釋的參考書籍不勝枚舉，我雖然因此對塔羅牌有了更進一步認識，但我認為那對我的寫作影響有限。我的操作方法是，用塔羅牌門外漢的眼睛，專注觀察塔羅牌，找出箇中魅力和關聯，並根據某個不存在的圖像學進行詮釋。

我先從馬賽塔羅牌開始，像閱讀繪本故事那樣，將紙牌當作一幀幀圖像排列展開。如果相鄰的紙牌讓我覺得有故事性，而且有意義，我就會寫下來。我陸續累積了不少素材，可以說〈命運交織的酒館〉大部分是在這個階段完成的。但是我無法用這副塔羅牌排列出具有多樣性的不同故事，不得不持續改變遊戲規則、整體結構和敘事手法。

就在我準備要放棄的時候，李齊出版社邀請我為即將出版的那本威斯康提塔羅牌專書寫一篇文章。我原本打算直接交出先前已經完成的故事，但隨即意識到威斯康提塔羅牌的十五世紀泥金彩飾畫風跟馬賽塔羅牌的平民大眾風格截然不同。不僅其中幾張大牌的圖像有出入（威斯康提塔羅牌的「力量」是一名男子，「馬車」上是一名女子，「星星」衣著整齊並未赤身露體），使得原本相對應的敘事情境大異其趣，而且威斯康提塔羅牌的圖像以截然不同的感覺和語彙勾勒出迥異的社會面貌，讓我直覺聯想到《瘋狂的奧蘭多》[4]。雖然柏尼法丘．本博的泥金彩飾畫作比阿里奧斯托這部史詩作品早了將近一百年完成，卻完美呈現了阿里奧斯托天馬行空型塑出來的那個世界。我立刻以《瘋狂的奧蘭多》為本，用威斯康提塔羅牌作排列組合，輕而易舉建構出由短篇故事組成的「魔術方陣」主軸。環繞此一主軸，讓其他故事慢慢發展、交錯，就得到一個必須用圖像而非文字填寫的字謎遊戲，而且每一個字謎都有兩種解讀方法。一個星期後，〈命運交織的城堡〉（而非〈命運交織的酒館〉）準備就緒，收錄在李齊出版社那本奢華精裝版塔羅牌專書中，一併付梓。

〈命運交織的城堡〉受到幾位趣味相投的評論家及作家肯定，還有學者在國際期刊上發表分析縝密的評論文章，包括義大利語言學兼符號學家瑪麗亞・柯蒂（Maria Corti，《符號學刊》〔*Semiotica*〕，海牙）、法國學者傑哈・哲諾（Gérard Genot，《評論》〔*Critique*〕，一九七二年八—九月，三〇三—四號）。美國小說家約翰・巴思（John Barth）則在水牛城大學課堂上做專題討論。我受到這些反饋的鼓勵，便動念讓這個故事跟我其他作品一樣單獨出版，不必像那本威斯康提塔羅牌藝術專書非得搭配彩色版畫印刷。

但我得先完成〈命運交織的酒館〉，才能跟〈命運交織的城堡〉合集出版。因為大眾版塔羅牌不但可以用黑白印刷，而且具備「城堡」難以擁有的敘事感染力。不過，我必須先用馬賽塔羅牌建立一個「公式」，把那些互相交織的故事放進去，就跟先前我用威斯康提塔羅牌操作的模式一樣。可惜我始終沒能成功。我想從馬賽塔羅牌最早引導我寫出來的那些故事出發，畢竟我已經設定了主旨，而且故事也已完成大半。問題在於我無法用單一公式整合那些故事，我越琢磨，故事就變得越複雜，需要用到的紙牌數也越多，還跟我不想放棄的其他故事爭搶紙牌。我花費許多時間將拼圖組合又打散，擬定新的遊戲規則，建立了上百個方形、菱形或星星等形狀不一的公式，但是永遠有幾張重要的牌擺不進去，可有可無的牌卻不時出現，公式也變得過於複雜（甚至變成立體的方塊或圓柱體），以至於連我自己都迷失在其中。

為了化解僵局，我放棄所有公式，回頭繼續書寫已具雛型的故事，不去想那些故事有沒有辦法在其他故事串起的脈絡中找到自己的位置。但我認為這個遊戲必須遵循某些定律才有意義，終歸還是需要一個大的架構讓故事和故事之間環環相扣，否則一切都是枉然。除此之外還有另外一個問題，不是所有用紙牌呈現的圖像故事我都能轉化成文字寫出好故事，有些故事缺乏讓人提筆的衝動，我只能將其刪除，以免破壞文本調性；有些故事則能通過考驗，立刻取得書寫文字的內聚力，一旦寫成就再也無法更動分毫。只是如此一來，當我根據新寫完的故事再接著排列紙牌時，不得不考慮的限制和障礙也變多了。

除了圖像和敘事處理上的難度外，還有風格呼應唱和的問題。我意識到若不能用「城堡」和「酒館」兩個文本各自的詞彙體現文藝復興精緻的泥金彩飾畫風和馬賽塔羅牌簡陋的版畫風之間的風格差異，將二者並置就毫無意義。於是乎我試著減少語言的存在感，少到宛如夢囈。可是當我以此為準則再次提筆，字裡行間那些文學參涉又紛紛提出抗議，窒礙難行。

這幾年，我每隔一段不算短的時間，就會一頭栽進那座讓我瞬間失去方向的迷宮。是我瘋了嗎？是我受到那些不願被人無端操控的神祕圖像散發的敵意所影響？還是因為那些排列組合數量過於龐大令我頭暈目眩？我驟然決定放棄，放下一切，投入其他工作。再花時間在這個充滿各種變數、純屬理論性假設的遊戲上，實在太荒謬。

事隔數個月，或許是一年，我完全沒再想過這件事。可是某一天我腦中閃過一個念頭，我可以換一個方式再試試看，那個方式更簡單、更快速，而且萬無一失。我重新建立公式，修正公式，讓公式變得更複雜。我再度被流沙困住，陷入某種近乎病態的執著。有時候我在半夜醒來興沖沖調整一個重要關鍵，連帶著被迫對後續發展做一連串更動；有時候我因為找到完美方程式開心入睡，又在早晨睜開眼後推翻一切。

現在大家看到的〈命運交織的酒館〉，便是經過這麼一番周折的結果。我用七十八張牌為「酒館」建立起來的公式不如「城堡」那般嚴謹，「敘事者」不循直線前進，也沒有常規路線可言。有幾張牌會在每一個故事中出現，而且出現不止一次。不變的是，這個文本的素材是一點一滴累積起來的，經過一次又一次抽絲剝繭地詮釋圖像，分析神情氣韻、思維意圖與風格設定。我之所以決定將〈命運交織的酒館〉付梓，主要是為了擺脫它。就連現在，我手上拿著打樣書稿，依然忍不住要修改、拆解、重寫。我想唯有等到它印製出來，我才會徹底解脫。

另外我想附帶一提的是，在我的原始計畫裡，這本書應該是「三部曲」，不只收錄兩個故事。所以必須另找一副跟前面兩副都不同的塔羅牌？我突然覺得一而再再而三跟這些中世紀、文藝復興圖像打交道，以至於我的思緒始終在某些方向上打轉感到厭煩。我迫切渴望製造一個鮮明對比，改用現代圖像做類似操作。問題是當代有等同塔羅牌、能夠再現集體潛意識的圖像作品嗎？我想到漫畫，我說的不是那些輕鬆向的漫畫，而是戲劇張力強、冒險犯難、令人毛骨悚然，有黑幫、驚慌失措的女子、太空船、爾虞我詐、空中交戰和瘋狂科學家的那種漫畫。我打算在「酒館」和「城堡」之外，套用類似框架，寫一篇〈命運交織的汽車旅館〉：神祕災難降臨後大難不死的一群人躲進一家半毀的汽車旅館，那裡只有一頁帶有灼燒焦痕的報紙，是連載漫畫專欄的那一頁。倖存者因為受到驚嚇失去說話能力，只能指著漫畫訴說自己的故事，但是他們沒有採用垂直長條格狀漫畫的敘事順序，而是從這一格跳到那一格，甚至左右橫跳。我只想到這裡，沒有繼續發展下去。無論就理論或實務面向，我對這類試驗都已經意興闌珊。該是時候（從各種角度而言）投入其他工作了。

一九七三年十月

譯注

1 柏尼法丘·本博（Bonifacio Bembo, 1420-1480），義大利文藝復興時期畫家兼泥金彩飾畫家。他主持的工坊受前後兩任米蘭大公菲力普·馬利亞·威斯康提（Filippo Maria Visconti, 1392-1447）和弗朗切斯科·斯福爾扎（Francesco Sforza, 1401-1466）委託，共繪製三副威斯康提塔羅牌，其中保存最完整的便是今名為「貝加莫和紐約典藏」的這副威斯康提塔羅牌，完成於一四五一年，原有七十八張，現存七十四張，長寬分別為一七點三公分和八點七公分。

2 格里莫紙牌公司（B. P. Grimaud）於一九三〇年發行的「古代馬賽塔羅牌」（Ancien Tarot de Marseille）為盒裝版紙牌，共七十八張牌，長寬分別為十二公分和六點二公分。時任格里莫公司負責人的保羅·馬丁（Paul Marteau）雖自詡為「修復者」，並稱該塔羅牌為復刻版，實際上恐怕並不理解原版中圖像符號及色彩的象徵意義，擅自做了不少修改。

3 *I sistemi di segni e lo strutturalismo sovietico*, a cura di Remo Faccani e Umberto Eco, Bompiani, 1969.

4 阿里奧斯托（Ludovico Ariosto, 1474-1533）的敘事史詩作品《瘋狂的奧蘭多》（*Orlando Furioso*）以查理曼大帝攻打回教徒的戰爭為背景，描述聖騎士奧蘭多和契丹公主安潔莉卡的愛情故事。全書共四十六歌，模仿中世紀流行的騎士傳奇文學體，融合敘事、抒情、悲喜劇元素，在比武和戰爭場面中有僧侶、妖魔、仙女等人物穿插出現。

命運交織的城堡

城堡

茂密森林中有一座城堡，為夜幕降臨時措手不及的旅人，如騎士、仕女、王公貴族和一般朝聖者提供落腳處。

我經過一座吊橋，在黑漆漆的中庭下馬，馬夫不發一語接過我的坐騎。我已力竭，雙腿勉強支撐站立。自我進入那座森林，便遭遇各種劫難，與人交戰，目睹顯靈，歷經數次決鬥，四肢和思緒都已不聽指令。

我步上階梯，走進高聳寬敞的大廳。大廳內許多人肯定也是路過的訪客，循林中其他路徑先我而至，此刻已圍坐在燭光照明的餐桌前。

我環顧四周，感覺有些怪異，或者應該說我有兩種截然不同的感覺，但是我過於疲憊，心神紛亂起伏不定，所以難以辨明。

我感覺自己宛如置身華貴宮廷。這座城堡並不起眼又地處偏僻，本不該作此聯想，然而不僅大廳陳設雕琢，餐具器皿無不精緻，而且在座人人盛裝打扮，長相俊美，神色放鬆自若。但於此同時我又察覺到一絲散漫失序，或可以說是放縱隨興，彷彿這座城堡不是名門貴族的宅邸，而是一間旅店，這些背景各異、來自不同地方互不相識的旅人不得不男女雜處一室，共度一晚，且一旦適應了不如以往舒適的環境，對原本生活中必須遵守的各種規矩也就有所懈怠，展現出不同於平日的自由作風。其實，那兩種互相矛盾的感覺跟同一件事有關：多年來造訪這座城堡的人都僅作短暫停留，於是城堡漸漸淪為旅店，城堡堡主雖然努力維持優雅的待客姿態，卻依然被貶低為旅店老闆和老闆娘。抑或是常見於城堡外，提供士兵和馬車夫水酒的那類小酒館，眼見城堡廢棄多年，索性佔用城堡裡古色古香的大廳，架起長板凳，擺上酒桶營業，只因空間富麗堂皇，往來皆貴客格外氣派，以至於老闆和老闆娘異想天開，把自己當成了奢華宮廷裡的人上人。

老實說，這些想法在我腦中僅一閃而過。我最強烈的感受是，能夠毫髮無傷與這些身分尊貴的同伴坐在一起真好，我迫不及待想與他們交談（我應城堡堡主〔或酒館老闆〕之邀，在唯一的空位坐下），交換旅途中種種驚險經歷的心得。但是這裡跟其他酒館不一樣，跟宮廷也不一樣，餐桌上竟無人開口說話。若有人需要鄰座遞送鹽或薑的時候，會以手勢向對方示意；若需要僕傭為他切一片烤雉雞肉或斟倒半品脫酒的時候，同樣仰賴手勢。

我以為大家是因為旅途勞頓憊於開口，決定大聲感嘆幾句「口福不淺！」「好不容易！」「有緣相逢！」以打破沉默，豈料我竟發不出半點聲音。但聞湯匙叮噹、杯盤鏘鏘作響，我得以確認我並未失聰，那麼只能猜測是自己啞了。同桌其他人也證實了這一點，他們不失優雅地無聲開闔雙唇，看來已經坦然接受一切。穿越森林顯然讓我們每個人都失去了說話能力。

咀嚼的聲音和啜飲美酒的吸吮聲無法活絡氣氛，晚餐在靜默中結束，我們面面相覷坐著，難掩無法與他人交流自身諸多經驗的焦慮。這時候，貌似城堡堡主的那名男子在剛撤去餐具的桌上放了一副紙牌。那副塔羅牌比平日用來玩耍或吉普賽人用來占卜的紙牌大，圖像大致相仿，卻是用泥金彩飾畫昂貴的釉彩繪製而成。國王、皇后、騎士和侍從都是年輕人，衣著極盡華麗之能事，彷彿正要趕赴宮廷宴會。二十二張大阿爾克納牌宛如皇宮劇院裡的織錦掛毯，至於聖杯、錢幣、寶劍和權杖牌也都閃閃發亮，像是有渦飾和彩帶妝點的皇家紋章。

我們將紙牌在桌上攤開，正面朝上，似乎想要認牌，確立每張牌在遊戲中的分數，或用來解讀命運時所代表的意義。但看起來我們之中沒有人準備玩牌，也沒有人打算探究未來，因為我們在尚未結束且不知何時結束的旅途中進退不得，未來不過是空談。我們在那副塔羅牌上看見了其他可能，一張張金色紙牌彷彿馬賽克拼圖，讓所有人的視線無法移開。

同桌其中一人將散亂的紙牌收起，空出大半桌面，但他並未將牌收攏，也未洗牌。只抽出一張牌放在自己面前，大家都發現他的臉孔與牌中人十分相像。我們隱約明白他是用那張牌代表「我」，由此開始訴說他的故事。

負心漢受懲罰的故事

他用聖杯騎士向我們自我介紹——那是一個意氣風發的金髮青年，張揚地披著有太陽圖騰的刺繡斗篷，像朝聖的三王那樣手上捧著一個禮物。這位同桌夥伴或許是想讓我們知道他出身富貴人家，愛好奢華出手闊綽，雖然，他展現的是馬上雄姿，表示他也有冒險精神，但是連鋪墊在馬鞍下的鞍布都有滿滿刺繡，在我看來他騎馬恐怕是為了炫耀，並非真心視騎士為天職。

這位俊美的青年比了一個手勢，似乎是要求我們大家注意，接著他便開始訴說無聲的故事，將錢幣國王、錢幣十和權杖九三張牌在桌上排成一列。他放下第一張牌的時候面容哀戚，出第二張牌時則一臉欣喜，應該是要告訴我們在他父親過世後，他繼承了一筆龐大的遺產，隨即踏上旅途。因為錢幣國王人像比其他人

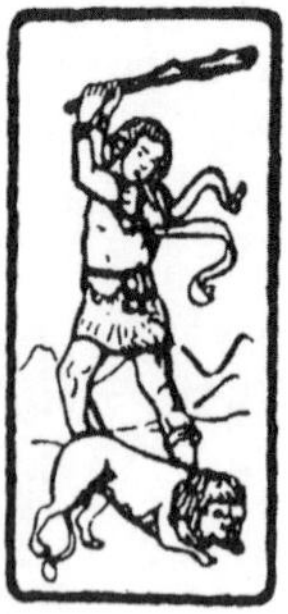

像看起來略顯年長，而且貌似穩重、氣度雍容。至於最後一個假設，是我們從青年將權杖九拋出來的動作所衍生的推測，那張牌宛若枝椏交錯在稀疏野生藤蔓與花卉間，讓我們想起不久前剛經過的那座森林（觀察力敏銳的人若仔細看，會發現穿過其他斜插枝椏的那柄垂直權杖，彷彿就是深入茂密森林的那條小徑）。

總之，故事開頭是這樣的：這位騎士一得知自己擁有在豪奢宮廷裡大放異彩的資本，就匆匆忙忙帶著裝滿金幣的行囊上路，打算造訪附近有名的城堡，說不定心裡還盤算著迎娶名門望族新娘的機會。他懷抱著這些夢想，一頭闖入森林裡。

接在這幾張牌之後出的新牌，力量，明確顯示青年遭遇橫禍。在我們這副塔羅牌中，力量這張大阿爾克納牌的圖像是一個帶著武器的莽漢，表情猙獰流露顯而易見的惡意，他高舉棍棒猛力一揮，像擊殺兔子那樣，將一頭獅子擊倒在地。意思很清楚：這位騎士在森林裡遭到凶惡的匪徒伏擊。這個不幸猜測隨即得到

證實，因為緊接著出現的是第十二號大阿爾克納牌倒吊人，一個穿著緊身褲和襯衫的男子被綑綁，頭下腳上，單腳懸空倒掛在空中。牌中人正是我們這位金髮青年，匪徒搜刮完他所有財物，將他倒吊在樹上之後揚長而去。

當另一張大阿爾克納牌出現時，大家都鬆了一口氣。這位青年滿懷感激地將節制放在桌上。從這張牌我們了解到被倒吊的男子聽見有腳步聲接近，上下顛倒的他看見一名少女，很可能是樵夫或牧羊人的女兒，穿著露出小腿的長衫，手裡捧著兩個水壺，在草地上向他走來，應該是汲水完畢後準備回家。可想而知那位單純的森林少女為倒吊的青年鬆綁，協助他恢復了正常立姿。然後我們看見青年放下聖杯一，圖像是一座湧泉，周圍地衣有小花點綴，還有鴿子振翼飛翔。我們彷彿能聽見淙淙流水聲，以及男子大口飲水解渴的喘息聲。

我們之中肯定有人這麼想：有些泉水入喉，非但不能解渴，

反而更覺得口乾舌燥。不難想像，等騎士不再頭暈目眩後，兩個年輕人之間萌生的情感就超越了感激（就男方而言）和同情（就女方而言），在林間樹蔭遮掩下，這份情感很快就隨著兩人在草地上投入對方懷抱表露無遺。所以隨後出現聖杯二也是意料中事，上面既有寫著「吾愛」的飾帶，還有一朵朵勿忘我，表示這是一次愛的邂逅。

大家都很期待這個甜蜜愛情故事的後續發展，仕女們尤其如此，但這位騎士放下另一張權杖牌，權杖七。我們彷彿看見他削瘦的身影在幽暗密林中漸行漸遠。以為故事會有美好結局自是異想天開：林中歡愉如此短暫，可憐的少女，宛如被採擷後丟棄在草地上的花朵，忘恩負義的騎士甚至沒有轉過頭去向她告別。

看到這裡，我們知道故事已經翻開新頁，或許中間隔了一段時間。說故事的青年開始發新的塔羅牌，就在原先那一列牌的左側。他放下的兩張牌是女皇和聖杯八。場景突然轉變讓我們一

時之間感到困惑，但我想大家不多時便反應過來，原來這位騎士終於得償所願，娶到一位出身高門大戶、擁有高貴血統的新娘，因為就我們看到的圖像，這位新娘竟然頭戴皇冠，手中還握有家族盾徽，但是姿色平庸。我們之中心眼較多的那幾位肯定會注意到，她比他略為年長，衣服上還繡有連環索套圖騰，彷彿在說：「娶我，娶我吧」。而她發出的邀約立刻獲得回應，那張聖杯八的意思應該是坐在婚宴席上的兩排賓客，向坐在布置得花團錦簇的長桌另一端的新人舉杯祝賀。

隨後出現在桌面上的牌是寶劍騎士，他一身戎裝，預告有突發事件。寶劍騎士有可能是一名信使，騎馬闖入婚禮現場帶來令人不安的消息；或者他就是新郎，因為某個神祕召喚，在喜宴中途離席，換上戎裝奔向森林；也說不定是二者合一：新郎被告知有某樣東西出現，於是他立刻抓起武器跳上馬背（經過之前的教訓，他只要出門就一定全副武裝）。

我們迫不及待想知道下一張牌能否釋疑，結果出現的塔羅牌是太陽。畫家筆下的太陽由一個奔跑的小男孩捧在手中，也可以說那個小男孩是在景色變化萬千的遼闊原野上空飛翔。解讀故事這個環節並不容易，有可能意思單純是「陽光普照的某一天」，但如此一來我們的敘事者等於浪費一張牌，只為了告訴我們無關緊要的細節。所以或許應該往這個方向推敲：有人看見一個半裸的小男孩在舉行婚宴的城堡附近奔跑，新郎為了追那個小傢伙中途離席才是這兩個圖像的寓意，不能只看表面意象。

小男孩隨身帶著的那樣東西不容忽視。那顆發光的頭顱，可能就是這個謎題的答案。我們重新將目光放在這位英雄自我介紹時用的那張塔羅牌，想想他被匪徒襲擊時身上那件斗篷的刺繡圖案。或許那件斗篷，他的短暫戀情結束時遺忘在草叢間的那件斗篷，如今像一只風箏在田野上空翱翔，為了將斗篷拿回來，他才會追著小男孩跑；又或者是因為好奇為什麼斗篷會出現在那裡，

為了釐清斗篷、小男孩和林中少女之間的關係，他才會有如此反應。

我們期待下一張牌能夠解開這些疑惑。結果我們看到了正義。這張大阿爾克納牌跟一般常見的正義塔羅牌不同，除了有一手持劍一手拿天平的女子外，在她背後（或是換一個角度詮釋，在她這個主要人像後方的半圓壁之上）還有一位騎在馬背上、身穿盔甲的戰士（會不會是亞馬遜女戰士？）準備發動攻擊。我們確信這張牌是故事裡最高潮迭起的章節，開始做各種臆測。例如：他就快要追到帶著風箏奔跑的小男孩時，被另一個全副武裝的騎士擋住了去路。

他們之間說了什麼呢？開場白很可能是：「來者何人？」

那位不知名的騎士露出臉孔，我們這位同桌夥伴認出來者竟是先前解救他的林中少女，如今她看起來神采奕奕、果斷且冷靜。少女露出一抹淡淡苦笑。

「你為何來找我？」他大概是這樣問她的。

「為了正義！」女戰士這麼說（天平暗示了這個答案）。

不，仔細想想，他們相遇的場面應該是這樣的。一名女戰士騎著馬從森林裡衝出來（背景或半圓壁上的那個人像）喝斥他：

「站住！你可知你追的是誰？」

「是誰？」

「是你兒子！」女戰士一邊說一邊露出她的臉龐（就是之前那名女子）。

「我能補償嗎？」我們這位同伴頓時感到萬分懊悔，然而為時已晚。

「面對主的仲裁吧（天平）！接招！」她揮劍上前。

「接下來應該會描述決鬥場面。」我心裡這麼想。果然下一張丟出來的牌是寶劍二。刀光劍影中碎葉紛飛，爬藤纏繞劍身。由敘事者看著這張塔羅牌的氣餒神情可知，決鬥結果不言而喻：他的對手是身經百戰的劍客，這一回，輪到他血淋淋地躺在草地上。

當他醒過來，一睜開眼睛看到的是什麼？（敘事者用手勢示意——老實說，那個手勢有點誇張——他請我們等著看下一張牌，謎底揭曉）是女教皇。那是一名神祕的女子，身穿修女袍，頭戴皇冠。來救他的是一位修女？他盯著那張牌，眼神充滿畏懼。所以那是一名女巫？他抬手懇求，驚惶地做出祈願手勢。所以那是神祕嗜血宗教的女祭司？

「你可知你冒犯了那位少女（女教皇對他說了什麼讓他表情如此驚恐？），就是冒犯了希栢利女神，她是這座森林的守護神。現在你落入我們手中了。」

他能說什麼呢，恐怕只能結結巴巴地求情：「讓我贖罪，我會行善布施，請寬恕我……」

「從此刻起，你將屬於森林。森林是無我的，是眾生合一的。要加入我們，你必須忘我，將屬於個人的一切撕裂、肢解、

轉化，與他者再無區別，融入酒神女祭司們奔跑歡呼的這片森林土地之中。」

「不！」我們看著他發出無聲的吶喊，這時最後一張牌出現，結束了這個故事：寶劍八，希栢利女神的信眾揮舞著鋒利兵器撲向他，將他劈砍成碎片。

鍊金術士出賣靈魂的故事

聽完前一個故事，大家尚且心神未定，另一名同桌夥伴已經示意要接續陳述自己的故事。剛才那個騎士故事的某段情節似乎引起了他的注意，或者應該說，是那兩排塔羅牌中機緣巧合並列的兩張牌，聖杯一和女教皇引起了他的注意。為了表明這兩張牌與接下來的故事有關，他在那一組牌右側同高的位置放下聖杯國王（可以看作是敘事者本人年輕時的肖像，雖然這麼說頗有奉承阿諛之嫌），再在左側水平方向放下權杖八。

如果聖杯一那座湧泉隱喻情慾的設定未變，那麼這幾張塔羅牌的排列組合首先讓人想到的解讀是，我們這位同伴在某個森林裡與一名修女墜入愛河。但也有可能是他想邀請她一同舉杯暢飲。因為仔細看那座湧泉，泉水是從貌似釀製葡萄酒用的榨汁圓

筒上端泊泊流出，而這名男子憂鬱凝望的神情彷彿若有所思，與情慾無關，如飲食這些最微不足道的欲望也該被排除在外。他應是陷入渾然忘我的沉思中，但看聖杯國王的人像相貌庸俗，可以想見此人關注的絕非超脫凡俗之事，而是塵囂之事（所以湧泉乃聖水池的解讀便不攻自破）。

我認為最有可能成立的假設是（其他沉默觀眾心中所想應該與我一樣），湧泉代表生命之泉，此乃鍊金術士追求的最高境界，而我們這位同伴或許正是那些博學多聞人士其中一員，盯著蒸餾器和盤管、長頸瓶和曲頸瓶、傳熱器和梨形冷凝器（像聖杯國王手中那只貌似禮物、造型繁複的細頸瓶）目不轉睛，試圖挖掘大自然的奧祕，特別是金屬轉變之謎。

我們可以斷言他從年輕時候（圖像人物的稚嫩臉龐顯然意有所指，但也可能是隱喻長生不老靈藥）就投注滿腔熱情（湧泉依然可以被視為愛的表現）鑽研各種元素，多年來盼望著能從硫

礦和水銀中將礦物界的王者之尊黃金分離出來，慢慢沉澱成不透光的沉積物。然而每次成果僅有鉛屑，及淡綠色的殘渣。鍊金過程中他曾向在林中遇到的幾名女子求助，她們擅長調製媚藥和魔藥，喜歡研究巫術，占卜未來（所以他帶著膜拜的崇敬之心看向女教皇）。

接下來出現的牌是皇帝，或許指的是林中女巫的某個預言：「你將會成為全世界最有權勢之人」。可想而知我們這位鍊金術士喜不自勝，日復一日等待他的人生出現了不得的轉折，下一張牌應該要說的就是這件事，結果出現了莫測高深的大阿爾克納一號牌，魔術師。有人說他代表江湖術士，或是忙於行使巫術的巫師。

總而言之，我們這位英雄人物一抬頭就看到一名巫師坐在他對面操作蒸餾器和盤管。

「你是誰？為何來此？」

「你看我在做什麼。」巫師指著小爐子上的水晶盅對他說。

我們的同伴將錢幣七丟出來的時候眼神炯炯發亮，他顯然發現東方世界所有礦物都在他眼前，唾手可得。

「你可以告訴我鍊金的祕密嗎？」他向那位江湖術士開口詢問。

接下來出現的牌是錢幣二，代表交換。我們忍不住想，這是一樁買賣，而且是以物易物。

「我可以賣給你！」那位陌生訪客或許做出如是回應。

「你要什麼？」

所有人預期聽到的答案是：「靈魂！」但我們沒有十足把握，直到看見他揭開下一張牌（他猶豫了一會兒，才在另一側放下塔羅牌），這張牌是魔鬼，意味著他認出那個江湖術士是所有混亂和歧異的主宰，而我們由此判定他是浮士德博士。

「靈魂！」梅菲斯托費勒斯[1]回答他。這句話只能以星星這張大阿爾克納牌中的靈魂人物來表現，那名年輕女子用自身的光照

亮了幽冥。緊接著出現的聖杯五可以解讀為魔鬼向浮士德透露了鍊金祕方，或是為達成協議舉杯慶賀，又或者是教堂鐘聲敲響，嚇得那位來自地獄的訪客落荒而逃。我們當然也可以將這張牌視為探討靈魂和承載靈魂的肉體之論述（其中一個聖杯傾倒，杯中應該空無一物）。

「靈魂？」我們的浮士德很可能這樣說。「如果我沒有靈魂呢？」

但梅菲斯托費勒斯有可能不是為了他一個人的靈魂而來。「有了黃金你可以蓋一座城，」他對浮士德說。「我要那整座城的靈魂交換。」

「成交。」

魔鬼消失前發出一聲怪笑，聽起來像狼嚎。他長年蟄居鐘樓，習慣蹲坐在排雨水槽或屋簷上沉思冥想，深知城市的靈魂比所有居民的靈魂加起來更厚重，也更耐久。

接下來要解讀的是命運之輪。在整副塔羅牌中，這張牌算是圖像較為複雜的一張，也許單純想表達浮士德鴻運當頭，不過對向來充滿多重隱喻和影射的鍊金術士故事而言，這個解讀太過淺白。更合理的推測是，我們這位博學多聞之士獲知魔鬼的鍊金祕密後，構思了一個龐大計畫：將所有一切可轉變的都變為黃金。因此大阿爾克納十號牌命運之輪代表的是黃金工坊內那些運轉的齒輪，這個碩大的機械裝置將會建造出一座不折不扣的黃金城，牌中四個人像年齡不同，他們或負責推動齒輪，或是跟著齒輪一起旋轉，象徵參與、協助此一計畫的所有人為此奉獻一生，讓齒輪日以繼夜轉個不停。這個說法固然無法解釋這幅泥金彩飾畫所有細節（齒輪上有人露出動物的耳朵和尾巴），但可以此為基礎，解讀接下來象徵黃金城居民生活富裕的聖杯牌和錢幣牌（那些排列整齊的金黃色圓形錢幣或許是為了讓人聯想黃金城道路兩旁用黃金鑄成的高聳建物上方金光閃閃的圓頂）。

那個狡詐的交易對象何時會來拿取協議中屬於他的報酬呢？這個故事的最後兩張牌，是第一位敘事者放在桌上的寶劍二和節制。在黃金城門外，武裝侍衛不讓任何人進入，以便擋下那邪惡不潔的討債人，無論他偽裝成什麼樣貌，即便迎面走來的是最後一張牌中那樣的素樸少女，侍衛也會出聲嚇斥阻止她前進。

「你們將城門關上毫無意義，」我們設想那位捧著水壺的少女開口這麼說。「我無意進入由金屬打造的城。漂移不定的我們只關注互相混雜的流動元素。」

她是逐水而居的寧芙女神嗎？還是空中精靈女王？有沒有可能是地心岩漿天使？

（再仔細看看命運之輪這張牌，動物變形或許只是人類退化為植物和礦物的第一步。）

「你不怕我們的靈魂落入魔鬼手中嗎？」城裡的人這麼問。

「不怕，因為你們沒有靈魂可以給他。」

1 梅菲斯托費勒斯（Mephistopheles）是德國作家歌德（Johann Wolfgang Goethe, 1749-1832）著作《浮士德博士》（*Doktor Faust*）書中協助浮士德鍊金二十四年以交換其靈魂的惡魔。

新娘被詛咒的故事

不知道我們之中多少人成功解讀了整個故事而不覺迷惘，畢竟每當我們以為會得到清楚指引的時候，就跳出一張聖杯或錢幣牌來。那位敘事者的溝通能力不佳，或許是因為他天生更擅長嚴謹的抽象思考，而非處理顯而易見的圖像。總之，有人心不在焉，或許是被其中幾張牌卡住，無法再往前。

舉例來說，一名武士神情憂鬱地伸手拿起跟他神似的寶劍侍從及權杖六，放在錢幣七和星星旁邊，像是打算為自己另外排出一列垂直的塔羅牌陣。

或許對他這樣一個在森林中迷路的士兵而言，出現在那些牌之後的星星，是指他被閃爍磷火引到林中空地後，發現一名臉色蒼白的少女在夜色中遊蕩，身著一襲長衫、披散著頭髮的她高舉

著點燃的蠟燭。

他不動聲色繼續發牌，放下兩張寶劍牌，分別是寶劍七和寶劍皇后。這兩張牌放在一起解讀不易，或許可以想像兩者之間有這番對話：

「尊貴的騎士，我請求您卸下武器、脫下盔甲，讓我穿上吧！」（塔羅牌上的寶劍皇后全副武裝，從臂甲、肘甲到手甲皆齊備，彷彿從絲綢白衫蕾絲袖口可窺見的鐵質內襯）「我在驚慌中，允諾將自己託付給我厭惡的臂膀，今晚他將現身讓我實踐承諾！我知道他就快來了！唯有穿上盔甲，他才無法抓住我！天啊，求你垂憐遭受迫害的女子吧！」

可想而知，武士答應了請託。她穿上盔甲後，由弱女子搖身一變為英姿煥發的女王，趾高氣昂，目空一切。愉悅的笑容讓原本蒼白的臉頰紅潤起來。

接下來又是連續幾張讓人難以理解的牌：權杖二（意味面

臨抉擇？）、錢幣八（有不為人知的寶藏？）和聖杯六（愛情饗宴？）。

「你的義舉值得嘉獎，」林中女子對他說。「你說你要什麼，我可以給你財富，或是……」

「或是？」

「……把我給你。」

武士的手在那張牌上點了幾下。他選擇了愛情。

接下來的故事我們只能靠想像：他已經赤身裸體，而她解開剛穿上的盔甲，我們這位英雄在青銅金屬縫隙中摸到渾圓、堅挺又柔軟的胸脯，再摸向腿甲和溫熱的大腿間……。

那名士兵的個性保守又靦腆，未在細節上多所著墨，他能做的就是在聖杯牌後面放下一張金光閃閃的錢幣牌，神情若有所思，彷彿在感嘆：「我宛如置身天堂……」

接下來那張人像塔羅牌證實天堂入口確實不遠，但同時也打

斷了奔流的慾火：教皇出現了，他跟如今是天國守門人的第一位教皇一樣，留著一絲不苟的白鬍子。

「誰敢言及天堂？」坐在寶座上的聖彼得出現在森林上空，聲如洪鐘：「天堂之門永不為她開啟！」

敘事者急急忙忙放下另一張牌的時候遮遮掩掩，還用另一手覆蓋自己的雙眼，他準備向我們吐露祕密：他發現當他的目光從駭人的天國之門收回來，低頭看向躺在自己臂彎裡的那名女子時，看見襞襟環繞的不再是無邪少女充滿愛意的臉龐、俏皮的酒窩和小巧高挺的鼻子，而是沒有牙齦也沒有嘴唇的一排光禿禿的牙齒、彷彿兩個黑洞的鼻孔和顴骨泛黃的骷髏頭。與他肢體交纏的竟是一具枯槁的白骨。

令人毛骨悚然的大阿爾克納十三號牌（這副塔羅牌所有大阿爾克納牌的圖像下面都有名稱，唯獨這張牌只有死神字樣卻沒有圖像）出現，再一次讓我們急於了解故事發展。緊接著出現的賓劍十是不是代表在天國之門禁止受詛咒靈魂入內的大天使們？權杖五是不是預告林中有腳步聲響起？

那列塔羅牌陣最後銜接到前一位敘事者留在桌面上的魔鬼。

我一眼就看明白，被死去的新娘嚇破膽的新郎走出森林，這時魔王巴力西卜[1]現身，高聲說：「我的美人兒，你不能再說話不算話任意換牌了！對我來說，你那些武器和盔甲（寶劍四），根本不值一顧（錢幣二）。」說完便將她帶入地底深淵。

1 巴力西卜（Belzebù）是舊約聖經中居住在迦南南部（今加薩走廊）古老民族非利士人膜拜的神，又稱蒼蠅王，在西方文學中多被視為魔王。

盜墓賊的故事

我後背的冷汗尚未乾，已轉而關注另一個同桌夥伴。排成矩形的死神、教皇、錢幣八和權杖二似乎喚醒了他的某些記憶，目不轉睛盯著那幾張牌看，頭歪向一邊，彷彿在研究該從哪一處著手。等到他放下錢幣侍從，而我在那張塔羅牌的人像上看到跟他一樣的自負挑釁表情，就明白他也有話要說，而他的故事正是從那張牌開始。

但是這位看起來我行我素的年輕人，與大阿爾克納十三號牌讓人聯想到的骸骨陰森國度有何關係呢？他顯然不是會在墓園裡散步沉思的人，那麼應該是受到某種邪惡誘惑的吸引，比方說，撬開靈柩，掠奪死者未經深思熟慮決定帶在身邊走完最後一段旅程的高價陪葬物……。

通常大人物才會有代表權力的金冠、戒指、權杖和閃亮亮的金縷衣陪葬。如果這個年輕人真的是盜墓賊，他就會在不同墓園裡尋找最華麗且顯眼的陵墓下手，例如教皇的陵墓，因為教皇必定會盛裝入殮。在沒有月亮的暗夜裡，盜墓賊可以用權杖二當作扳手，撬開沉重的頂蓋，再垂吊進入墓穴裡。

然後呢？敘事者放下權杖一，比了一個往上爬升的手勢，看起來像是某樣東西在生長。我頓時懷疑我先前的推測是否有誤，因為盜墓賊那個手勢看起來跟他潛入教皇陵墓之舉相互矛盾。只能假設剛剛被撬開頂蓋的靈柩中猛然冒出一棵樹直挺挺地往高空竄，而這名盜賊爬上了樹，或是被那株樹帶了上去，困在蓊蓊鬱鬱的樹梢枝椏間。

幸好，這個人縱使心術不正，但是在說故事的時候，不僅出牌毫不猶豫（他總是一次出兩張牌，上下並列、由左而右橫向擺出牌陣），還會用略顯誇張的手勢幫忙，或多或少減輕了我們的負擔。最後我終於明白，他用聖杯十表示自己站在高處，也就是站在樹梢處，凝望墓園沿著山谷地形蜿蜒排列的所有墳塚。而大阿爾克納牌天使或審判（環繞天國寶座的天使吹響號角揭開所有靈柩頂蓋）或許只是想要強調他跟所有天國子民一樣於審判日俯瞰這些墳塚。

他如頑童那般爬到樹梢，來到一個懸在半空中的城。我是這麼解讀世界那張大阿爾克納牌。在這副塔羅牌中，世界的圖像是兩個小天使高舉著漂浮在海上或雲端的一座城，城裡的屋頂觸及蒼穹，就像巴別塔。塔，是他接著放下的另一張大阿爾卡納牌。

「凡墜入死亡深淵者，會重新攀上生命之樹。」我猜想我們這位並非出於自願的朝聖者會聽到這段話。「到達希望之城，在那裡凝望**萬物**，做出**抉擇**。」

這時候敘事者的手勢已經幫不上忙，我們只能靠猜測，想像這個宵小之徒進入萬物之城後，聽到有人厲聲對他說：

「你要財富（錢幣）、力量（寶劍），還是智慧（聖杯）？快選一個，不要遲疑！」

一位神情肅穆、光芒四射的總領天使（寶劍騎士）向他質問，而我們這位同伴立刻高聲答道：「我選財富（錢幣）！」

「我賞你權杖吧！」騎在馬背上的總領天使如此回應他，於此同時那座城和那棵樹都消散於無形，盜墓賊隨著殘枝落葉由高處跌入森林中。

奧蘭多為愛瘋狂的故事

現在鋪排在桌面上的塔羅牌形成一個封閉的矩形，只有正中央留出空白。一名同伴彎下腰，始終專注的他眼神遊走於那些紙牌間。那是一名身材魁梧的武士，他舉起沉重如鉛的雙臂，頭緩緩擺動，彷彿愁思的重量壓彎了他的頸椎。顯然這位不久前還在戰場上驍勇殺敵的隊長遭遇了讓他消沉喪志的憾事。

就人像來看，寶劍國王曾經躊躇滿志，如今心灰意冷，這張牌被敘事者放到矩形的左側，與寶劍十同高。我們的視線頓時被戰場上飛揚的塵土遮蔽，只聞號角吹響，斷裂的長矛飛散，互相衝撞的馬匹唾沫交融，或銳利或拙鈍的劍刃劈向其他或銳利或拙鈍的劍刃，圍成一圈的敵人激動地跳上馬鞍，等他們準備坐下的時候卻找不到馬，只看見墳墓。被圍在中間的是聖騎士[1]奧蘭

多，揮舞著他的杜朗達爾劍[2]。我們認出來了，他就是用手指重重按壓在每一張牌上，向我們訴說自己坎坷慘烈故事的那個人。

他現在指著寶劍皇后。這名金髮女子端坐在盔甲武士交戰的刀光劍影中，臉上掛著情愛遊戲裡叫人捉摸不定的微笑，我們認出她是安潔莉卡，為摧毀法蘭克王國軍隊而來的契丹女巫，我們知道奧蘭多公爵始終深愛著她。

在她身後是一片空白。奧蘭多放下權杖十。我們看見這位聖騎士邁開大步前進，逼得森林不得不回應，杉木的枝椏像豪豬身上的尖刺紛紛豎起，橡樹的樹幹挺起胸膛，山毛櫸將樹根盤起企圖阻擋他的步伐。整座森林似乎都在對他說：「勿再前進！你為何離開金屬的戰場，離開詭譎多變、屬於勝者的國度，拋棄你天生擅長的讓人心惶惶、排除異己的殺戮，闖入屬於綠色植物、生生不息的自然界？奧蘭多，這座愛的森林不是你該來的地方！你追殺的敵人設下了陷阱，沒有任何盾牌足以保護你。忘掉安潔莉

卡！回去吧！」

奧蘭多顯然對這些告誡之言充耳不聞，他眼裡只有自己放在桌上的大阿爾克納七號牌。那張牌是馬車。泥金彩飾畫家為這張牌塗上鮮艷的釉彩，不同於一般紙牌，駕車的人不是國王，而是身穿著巫師或東方君王袍子的一名女子，手中握著韁繩駕馭兩匹白色飛馬。在奧蘭多天馬行空的想像裡，林中的安潔莉卡就應該以那般雍容姿態前進，他追隨的是比蝴蝶足腳更輕盈的馬蹄在空中留下的痕跡，如蝴蝶抖落在樹葉上的金色粉塵導引著他在錯綜複雜的困境中勇往直前。

可憐的奧蘭多！他還不知道在樹林深處，安潔莉卡和穆斯林士兵梅鐸羅正繾綣纏綿於溫柔銷魂的愛意中。唯有大阿爾克納牌愛情能向他揭露這個祕密，因為泥金彩飾畫家畫筆下的戀人眼中含情脈脈（我們總算明白奧蘭多何以從一開始就神情恍惚用他那雙鐵掌把塔羅牌中最美的幾張牌留給了自己，讓其他人只能輾轉

周折地用聖杯、權杖、錢幣和寶劍結結巴巴說故事）。

事實真相在奧蘭多心裡撥雲見日：在這幽暗森林盡頭水氣氤氳處有一座愛神神殿，崇敬的價值與他的杜朗達爾劍所維護的截然不同。安潔莉卡芳心所屬不是聖騎士團中威風凜凜的將領，而是一名年輕的小兵。他宛如少女身形窈窕、面容姣好，下一張塔羅牌便是將他放大後的人像：權杖侍從。

這對戀人逃到哪裡去了？無論他們去哪裡，聖騎士要想拿捏掌控這微不足道的兩個人可謂易如反掌。當奧蘭多確認自己期盼無望，做了幾個莫名所以的動作：拔劍出鞘，蹬了蹬馬刺，踏著馬鐙伸了伸腿。然後他身體裡有某樣東西碎裂，於是他跳下馬背，怒不可抑，神智混沌，智慧之火瞬間熄滅，就此陷入黑暗中。

屬於他的那列塔羅牌橫跨過矩形牌陣中央的空白銜接上另一邊的牌，正好是太陽。那個小愛神帶著奧蘭多的智慧之火飛馳而去，在被異教徒攻擊的法蘭克王國領土上空，在穆斯林戰船逍遙

航行的海面上翱翔，而基督教世界裡那位最剽悍的聖騎士則因昏聵而陷入瘋狂。

最後一張牌是力量。我閉上眼睛，不忍眼睜睜看著那位騎士典範人物陷入如颶風或地震般不可收拾的狂暴狀態。他曾經用杜朗達爾劍劈開穆斯林大軍，而今他要用手中棍棒擊殺在敵軍入侵混亂之際、沿普羅旺斯和加泰隆尼亞海岸趁虛而入的非洲猛獸。他所到之處皆成荒原，只留下斑駁髒污的黃褐色獸皮，無論是小心謹慎的獅子、身長肢短的老虎或身形伸縮自如的豹，都逃不過他的屠殺。再來便輪到大象、犀牛及河中之馬（河馬），一張張厚重的獸皮將覆蓋龜裂乾涸的歐洲大地。

這位敘事者執著地伸出手，指著下一列塔羅牌最左側那張，繼續說故事。權杖五讓我看見（並聽見）被狂人連根拔起的橡樹樹幹應聲折斷，寶劍七讓我感嘆杜朗達爾劍被掛在樹上後被遺忘，錢幣五則讓我痛惜精力和財力的虛擲（這張牌正好放在原本

的空白處）。

他現在放下的塔羅牌是月亮。冷冽的光在漆黑大地上空閃爍。貌似癲狂的仙子朝那一彎金色鐮刀伸出手，彷彿撥彈豎琴，只是琴身上的弦已斷。月亮是戰敗的星球，取得勝利的地球是月亮的囚籠。而奧蘭多腳下的地球其實與月亮無異。

他接著亮出愚者，此刻這張牌比任何一張牌都更具說服力。發洩完滿腔怒氣的奧蘭多將棍棒像釣魚竿似地搭在肩膀上，他瘦得剩下一副骨頭，衣衫襤褸，下半身馬褲不知去向，頭上插滿翎毛（在他僅剩的稀疏頭髮上什麼都有，畫眉鳥的羽毛、栗子的刺毛、假葉樹和犬薔薇的鉤狀刺、吸食死人腦的蚯蚓、蕈類、地衣、蟲癭和花萼）。他來到混亂的中心，那裡是矩形塔羅牌陣和世界的中心，也是所有可能秩序的交會處。

他的理性何在？聖杯三暗示我們，他的理性封存在癲狂谷一個安瓿裡，不過這張牌是兩個立著的聖杯間有一個傾倒的聖杯，

代表容器中可能已空無一物。

這列塔羅牌的最後兩張原本就擺在桌上。第一張是正義，我們之前已經看過，主要人像背後的半圓壁之上有一位騎馬戰士，意味著查理曼大帝的聖騎士團正循著他們隊長的足跡，追查其去向，希望能讓這名戰士重新為理性和正義效力。所以一手持劍、一手拿天平的金髮執法者象徵的理性，是奧蘭多終須一戰的對象？還是象徵滿桌塔羅牌排列組合背後隱含的理性邏輯？抑或是象徵無論奧蘭多如何閃躲，遲早會被抓住、被束縛，被迫重新接受遭他摒棄的智性？

最後一張牌的人像是一名被綁住手腳、頭下腳上倒吊起來的聖騎士，也就是倒吊人。看他的表情終於恢復沉穩平靜，容光煥發，眼神比他尚未喪失理性前更顯清澈。他說了什麼？他說：「就讓我這樣吧。我經歷過這一遭總算明白，世界必須倒過來看，一切便清楚了。」

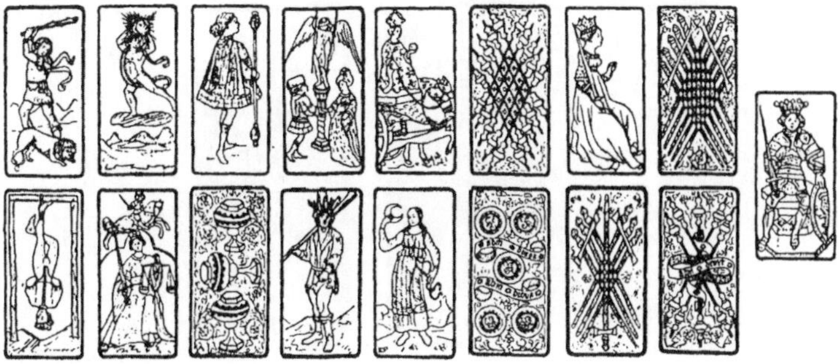

1　聖騎士（paladin），八、九世紀間追隨查理曼大帝四處征戰的十二名勇士，後受封為聖騎士，成為古代傳奇文學的主角。主要流傳於十二至十四世紀間的《羅蘭之歌》（*La Chanson de Roland*），及義大利作家阿里奧斯托的敘事史詩作品《瘋狂的奧蘭多》，便是以首席聖騎士羅蘭（或義大利文「奧蘭多」）為主的奇幻冒險與愛情故事。

2　根據《羅蘭之歌》，杜朗達爾劍（Durlindana）是天使贈與查理曼大帝後再被轉贈給羅蘭，劍柄內藏有聖彼得的一顆牙齒、教會聖師巴西略（Basilius Magnus, 330-379）的一滴血、殉教聖徒戴奧尼修斯（Dionysius, ?-250）的一根頭髮及聖母瑪利亞的一片衣角，因此無堅不摧，此劍本身亦無法摧毀。《瘋狂的奧蘭多》則稱此劍原屬於希臘神話英雄人物特洛伊國王之子赫克托耳（Hector），但荷馬史詩作品《伊里亞德》並未談及此劍。

阿斯托弗登月的故事

關於奧蘭多失去理智一事，我很期待收集其他見證，特別是將他能否復原視為己任、同時試煉自己是否有大無畏勇氣的那些人的見證。真希望那位英國聖騎士阿斯托弗與我們同在這裡。尚未陳述故事的同桌夥伴中，有一個像小孩或小精靈的矮個子不時一躍而起，並發出顫音，彷彿他和我們一起失去說話能力對他而言是莫大的趣事。我看著他，意識到他很可能就是阿斯托弗，為了明確表達我想請他說故事的意圖，便將塔羅牌中人像與他相似度最高的那張牌遞給他：神采奕奕坐在人立馬背上的權杖騎士。小個子面帶微笑伸出手來，卻沒有收下那張牌，而是用食指和拇指一彈，讓牌騰空飛起，如隨風搖曳的葉子般，飄落在桌上靠近矩形牌陣的底端。

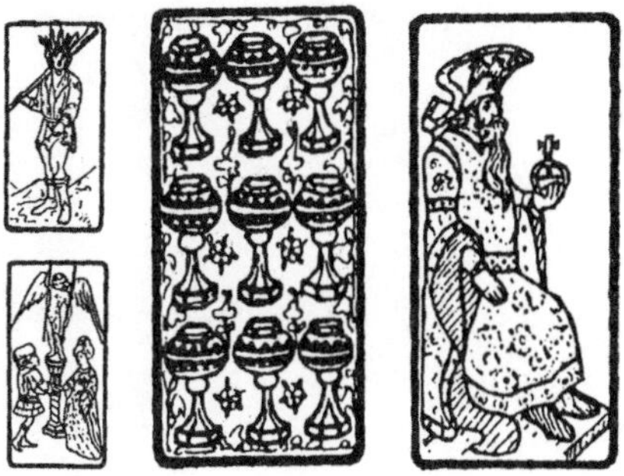

桌面上那個矩形原有的空白已經不再，還未用到的牌不多。

他放下寶劍一（我知道那是被奧蘭多掛在樹上棄而不用的杜朗達爾劍……），與這張牌首尾相接的是皇帝（留著白色大鬍子、睿智精明的查理曼大帝端坐在寶座上……）。他看似打算用由下而上垂直排列的塔羅牌來說故事：寶劍一、皇帝、聖杯九……（奧蘭多離開法蘭克王國戰場時日已久，查理曼大帝招來阿斯托弗，讓他在宴會時坐在自己身旁……）。然後是愚者，衣衫不整的他半裸著身體，頭上插著羽毛；接下來是愛情，有羽翼的神祇立於螺旋柱上用箭射向追逐愛情的人（「阿斯托弗，你肯定知道我們之中那位天之驕子，我們的侄子奧蘭多，丟失了區別人和瘋子、聰明野獸和一般野獸的理性之光，如今他著了魔，在林中奔跑，滿頭羽毛，只回應啁啾鳥鳴，彷彿那是他唯一聽懂的語言。若是他淪落至此，起因於嚴重誤解何謂基督教徒悔罪、自辱、肉體苦修、懲罰驕傲自負的心靈，倒也不算太糟，因

為這種傷害多少可讓精神有所提升，是為補償。或許我們雖不至於因此感到自豪，但可以四處宣揚而不覺羞愧，最多搖一搖頭。然而他之所以陷入瘋狂是被異教的愛神驅使，越壓抑，傷害越大……」）。

那列垂直的塔羅牌銜接到世界，圓框裡有一座城，那是在環城稜堡上架設了火炮的巴黎，已被穆斯林軍隊圍城數月之久；還有塔，逼真地描繪出在潑灑滾燙熱油和攻城器械間一具具屍體墜落的戰爭場面（或許可以用查理曼大帝自己的話來說：「敵人向馬蒂爾山和帕納索山腳下推進，在梅尼爾蒙泰和蒙特羅利奧兩地攻破防線，德爾菲納城門和利拉城門也遭到火攻……」），然後他又丟下一張牌，寶劍九，讓故事在希望中畫下句點（皇帝說到最後無非是：「唯有我們的侄子能帶領我們突圍，離開鐵器與火焰的包圍……。去吧，阿斯托弗，找回奧蘭多的理智，無論他遺失在何方，你必得找回來，那是我們唯一的救贖！速去！勿遲

疑！」）。

阿斯托弗該怎麼辦？他手上還有一張好牌，是大阿爾克納牌隱士，那是一名駝背老翁，手上拿著沙漏，將不可逆的時間倒轉，在最初之初預見未來的預言家。阿斯托弗向這位智者或魔法師探問何處能覓得奧蘭多的理性，隱士看著沙粒在沙漏中流動，而我們則看著這個故事另一列垂直的塔羅牌，就在原先那列的左側，由上而下分別是：審判、聖杯十、馬車、月亮……。

「你必須飛上天，阿斯托弗，」（審判這張大阿爾克納牌裡的天使象徵超凡飛升），「飛到月亮蒼白的表面，那裡有一個看不見盡頭的庫房，庫房裡有成排的安瓿」（就像聖杯十），「存放離世之人的故事，曾經敲響知覺大門又消失無蹤的思維，組合遊戲中被放棄的各種細微的可能，還有一些或許可以解決問題和無法解決問題的解決之道……」

登月（大阿爾克納牌馬車給我們的提示聊勝於無，但可憑

添想像）通常會借助不同種的有翼飛馬如天馬或鷹馬[1]協助。仙女將牠們養在黃金馬廄裡，以雙馬或三馬為一組牽引馬車。阿斯托弗坐上他自己的鷹馬馬背，一飛沖天，奔向上弦月，緩緩降落（塔羅牌裡的月亮，一如演員演出的皮勒姆和西絲比故事[2]裡仲夏夜晚田野間的月亮那般甜美，簡單又深富寓意……）。

接下來出現的塔羅牌是命運之輪，來得正是時候，我們都很期待看見對這個月世界更細膩的描述，才能盡情沉浸在顛倒世界的古老傳說中。在這裡，驢子當國王，人有四條腿，年長者聽命於年輕人，夢遊者是掌舵人，市民像籠子裡踩滾輪的松鼠一樣原地打轉，單憑想像便可以消解又重組種種矛盾。

阿斯托弗來到一個毫無章法的世界尋找理性，而他自己本就是不按牌理出牌的騎士。他來到這個讓詩人為之瘋狂的月亮，能找到什麼合乎地球準則的智慧呢？他向他在月亮上遇到的第一個人提問。那是大阿爾卡納一號牌，魔術師，這個名稱和形象並不吻合，從他手中拿著一桿蘆葦彷彿在寫字的姿勢來看，可以將他視為一名詩人。

在銀白的月亮上，阿斯托弗遇見詩人，企圖在他的詩句中加入八行詩的韻腳、情節鋪陳、合理論述和胡言亂語。如果詩人真的住在月亮上，或曾經在月亮上住過，深入了解過月亮核心，應該可以告訴我們月亮是否收錄了宇宙所有文字和事物的韻腳變化，月亮是否與荒誕無理的地球相反，是一個通情達理的世界。

「不，月亮是一片荒漠。」從放在桌上的最後一張牌推斷，詩人應該做了如是回答。那張牌是錢幣一，光禿禿的一個圓。「所有論述和詩都來自這個乾涸的天體；每一趟旅行，無論是否經過森林、戰場、藏寶閣、宴會廳或壁龕，最終都會把我們帶回這裡，帶回這個虛無地平線的中央。」

1 鷹馬（Hippogriff），又譯駿鷹，西方神話動物，上半身為鷹，下半身為馬，是獅鷲（鷹頭獅）和母馬雜交所生。由於二者向來敵對，因此鷹馬被視為奇蹟或愛情的象徵。在傳奇文學中，鷹馬易於馴服，多為騎士或巫師坐騎。

2 皮勒姆和西絲比（Pyramus and Thisby），古羅馬詩人奧維德（Ovid，西元前一世紀）《變形記》（*Metamorphoseon libri*）其中一個愛情故事的主角。這對戀人因父母反對決定私奔，相約在城外墓園一顆結滿雪白漿果的桑樹下相會，先到的西絲比為閃躲剛狩獵完的獅子，匆忙間遺落斗篷遭獅子撕碎留下血印，皮勒姆誤以為戀人遭猛獸所害拔劍自殺，西絲比返回後亦選擇殉情，從此桑葚都變成紅色。可說是悲劇故事的原型之一。

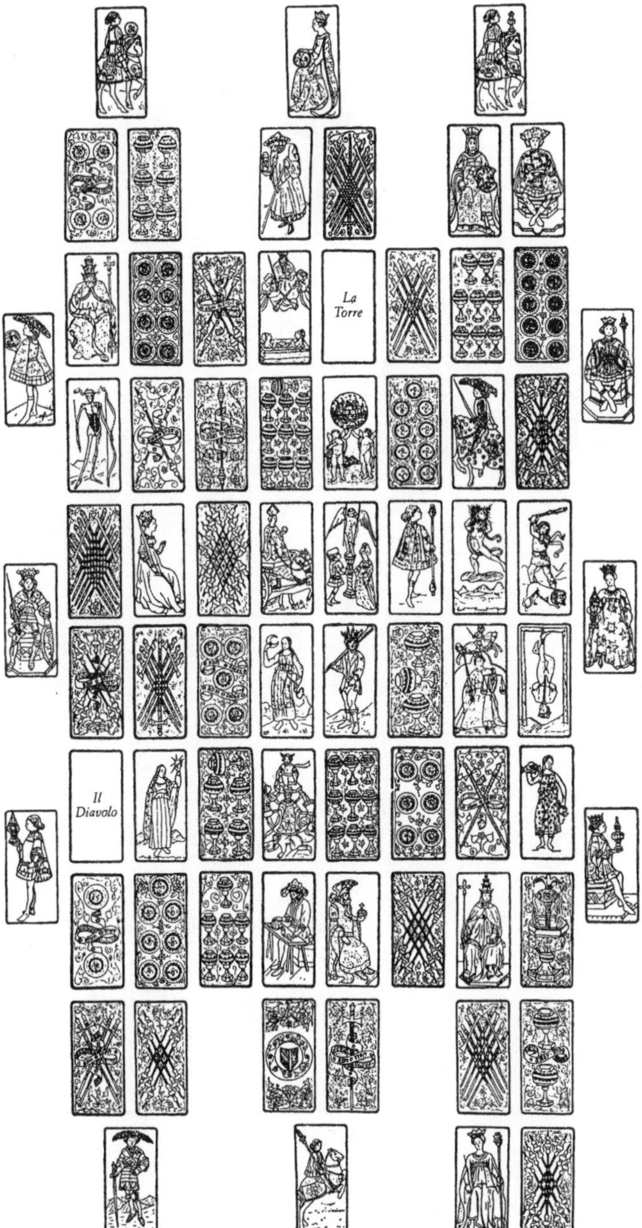
La Torre
Il Diavolo

所有其他故事

那個矩形此刻已經完全被塔羅牌和故事填滿。整副塔羅牌都攤開擺在桌上。我的故事呢？我無法從那些故事中分辨出哪一個屬於我，因為所有故事都密密交織在一塊。我專注於解讀一個又一個故事，直到現在才發現我們說故事的方式有一個獨特之處，那便是每個故事都跟另一個故事有交集，一人用塔羅牌持續推進故事的同時，另一人可以從前者的起點往反方向前進，因為從左到右、由下到上陳述的故事，可以從右到左、由上到下去做解讀，反之亦然。要記得，同樣那些牌若以不同順序出現，代表的意義往往不同，還有，從四個不同方位出發說故事的人可以同一時間用到同一張塔羅牌。

因此當阿斯托弗敘述他的冒險故事時，賓客中最美麗的那位

仕女用錢幣皇后溫柔可人的側面人像介紹自己，將牌放在阿斯托弗故事說到一半時出現的隱士和寶劍九旁邊。她需要那兩張牌，因為她的故事正是如此開始的：詢問占卜者戰爭的結局，她被圍困在異國城池中已經多年，審判和塔為她帶來諸神的消息，祂們預言特洛伊城終將淪陷。在阿斯托弗的故事裡，被敵軍包圍、固若金湯的那座城池（世界）是穆斯林虎視眈眈的巴黎，但在引發漫長戰事的這位美女眼中卻是特洛伊城。而今，希臘大軍為期盼許久的攻陷城池時刻到來準備了一場場高聲歡唱、西特琴聲繚繞的慶功宴（聖杯十）。

同一時間另一位皇后（心地善良的聖杯皇后）的故事和奧蘭多的故事有了交集，她走上他曾走過的路，從力量和倒吊人開始。這位皇后看見一個行事凶殘的惡棍（至少其他人是如此形容他的）被倒吊在刑具上，曝曬於太陽下，以伸張正義。她起了憐憫心，走向他，給他水喝（聖杯三），發現那是一個機靈又殷勤

的年輕人（權杖侍從）。

馬車、愛情、月亮和愚者這幾張大阿爾克納牌（先前曾用來描述與安潔莉卡有關的夢境、奧蘭多的瘋狂和鷹馬的奔月之旅）出現，說明占卜曾預言特洛伊城海倫的故事：「一名女子，可能是皇后或女神，將與勝利者登上馬車，你的帕里斯[1]會愛上她」，後來斯巴達國王墨涅拉俄斯那位紅杏出牆的美麗新娘，在月光下逃離被圍困的城，衣衫襤褸，只有一名宮廷弄臣陪在身邊。與此同時，另一名皇后也用這幾張牌說出她的故事，說自己如何愛上那名囚犯，趁夜為他鬆綁，讓他喬裝成流浪漢逃跑，在森林幽暗處等待她駕著皇家馬車與他會合。

之後這兩個故事各自發展。海倫來到奧林匹斯山（命運之輪），現身在諸神的宴會上（聖杯）；另一個皇后則在森林裡（權杖）等待她親手釋放的那名男子，直到看見拂曉金色晨光（錢幣）。前者的故事結尾是她向至高無上的宙斯（皇帝）說：

「告訴那位詩人（魔術師），在奧林匹斯山上，恢復視力的他安坐於眾神之間，譜寫不同於俗世詩文的永恆詩篇，讓其他詩人吟誦，我只祈求這個賞賜（錢幣一），祈求眾天神（寶劍一）命他在詩篇中寫出我的命運：在帕里斯背叛海倫之前，她在特洛伊木馬腹中將自己交給了尤利西斯（權杖騎士）！」同樣命運未卜的另一位皇后則被領軍前來的美麗女戰士（寶劍皇后）當面叫戰：「夜之后，你放走的那個男人是我的，你且準備應戰，天光破曉前，在林間與永晝軍一決勝負！」

別忘了在世界這張塔羅牌中被敵軍包圍的巴黎或特洛伊，同時是盜墓賊故事裡的天空之城，又在另一個故事變成地下城。這個故事的敘事者用輪廓鮮明、神情輕鬆的權杖國王介紹自己，他先在一座魔法森林裡取得具有超凡神奇魔力的棍棒，然後跟一個吹噓自己財力雄厚的黑盔甲戰士結伴同行（權杖、寶劍騎士、錢幣）。兩人在酒館中發生爭執（聖杯），那名神祕的旅伴決定拿

下城池的統治權（權杖一）。掄起棍棒交手後我們這一方獲得勝利。「你贏了，」那個陌生人說。「死神之城是你的了。你恐怕不知道你打敗的是終止之王。」他拿下頭盔露出真面目，原來是一具枯黃塌鼻的骷髏（死神）。

死神之城一旦關閉，就再也沒有人死亡，新的黃金時代展開：人人揮金如土尋歡作樂，在不會有傷亡的混戰中拔劍相向，從高塔往下跳毫髮無傷（錢幣、聖杯、寶劍、塔）。活人住在無人聞問的墓園中那些華麗的陵墓裡（審判），他們在天使和上主詫異的目光下群聚縱情聲色。因此他很快便受到警告：「請重新開啟死神之城的城門，否則人世間會變成擠滿骷髏的荒漠，還有成堆的冰冷金屬盔甲！」我們這位英雄豪傑屈膝跪在怒不可遏的教皇腳邊，表示服從聽命（權杖四、錢幣八、教皇）。

「我就是那個教皇！」另一位賓客以經過一番喬裝打扮的錢幣騎士之姿出場，似乎發出了一聲怒吼。他態度輕蔑地丟出錢幣

四，或許是想說他為了能在戰場上讓人領受臨終聖體，捨棄了教廷賦予他的種種尊榮。寶劍十跟在死神之後出現，代表走在遍地殘缺屍骸間的教皇驚愕不已。同樣用權杖、魔鬼、錢幣二、寶劍開頭，可以鉅細靡遺描述一名戰士的愛情和一具屍體的故事，但是換一種解讀方式，這幾張牌如此排序，很可能是想表達教皇看見大屠殺悲慘場景，不免心生懷疑，甚或捫心自問：「主啊，你為何讓此事發生？你為何任由這些屬於你的靈魂迷途？」這時從森林深處應有一個聲音傳來：「我們共享世界（錢幣二）和靈魂！此事由不得祂應許或不應許！祂遲早得跟我把這筆帳算清！」

站在小徑盡頭的寶劍侍從意味著這個聲音乍歇，就出現了一縷高傲的戰士幽魂：「你若承認我是對立之王，我便可讓和平降臨世界（聖杯），再度開啟黃金時代！」

「長久以來，這個符號提醒我們，**太一**[2]戰勝了**他者**！」教皇擺出交叉的權杖二時，很可能這麼說。

但那張牌也可能代表抉擇。「有兩條路，你選一條。」敵人對他說。這時寶劍皇后在岔路上現身（之前這張牌曾經代表女巫安潔莉卡、被詛咒的美好靈魂和女戰士），她開口道：「不要妄動！你們的爭鬥毫無意義。你們可知我是快樂的毀滅女神，掌管這個世界無止盡的消解與重建。在全面大屠殺中，牌不斷重洗，靈魂過得並不比肉體好，至少肉體可以在墳墓中安息。無止盡的戰爭撼動整個宇宙，直至蒼穹星辰，不放過任何心靈或最微小的原子。當黑暗的房間被光束照亮，在飄浮的金色塵埃中，詩人盧克萊修[3]思索的是摸不到的微粒原子、入侵、攻擊、比鬥、吞噬……（寶劍、星星、錢幣、寶劍）。」

當然，我的故事也在這些交織的塔羅牌之中，無論過去、現在或未來，但是我無法從那些故事中分辨出哪一個屬於我。森林、城堡、塔羅牌引導我得到這個結局：我的故事融入了其他故

事的微粒中，我找不到它，於是我放下它。我唯一放不下的執念是讓一切完美落幕、結束，首尾呼應。我還沒研究完那個矩形左右兩側的塔羅牌，我是如此執拗，不願讓事情半途而廢。

招待我們的城堡堡主兼酒館老闆自然也有故事要說。我們認出聖杯侍從是他，一名意外訪客（魔鬼）造訪他的城堡兼酒館。不招待客人免費喝酒是常規，但是這名訪客在付錢時說：「老闆，你這裡所有東西都摻雜不清，酒是如此，命運也是如此……」

「您對我的酒不滿意？」

「非常滿意！唯一懂得欣賞交錯和雙面之美的也只有我了。所以我打算付給你比錢幣二更多的錢！」

此時，大阿爾克納十七號牌星星代表的不再是心靈，不是來自冥界的新娘，也不是蒼穹行星，而是被派去收錢、雙手捧著從未見過的金光閃閃錢幣回來的女僕，她嚷嚷道：「你們知道那位

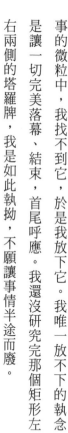

先生做了什麼嗎？他把桌上的一個杯子倒過來，就有嘩啦啦的錢幣流出來。」

「那是什麼魔法？」城堡堡主兼酒館老闆驚呼道。

已經走到門口的神祕訪客說：「酒館這些杯子裡有一個看起來跟其他並無二致，其實是一只神奇的杯子。你若想討好我，必須善用它，否則你現在覺得我是你的朋友，下次我再來就會是你的敵人！」他話一說完，就消失無蹤。

城堡堡主左思右想，決定喬裝成變戲法的人，到皇城去利用這些叮噹作響的錢幣謀取權勢。所以魔術師（我們之前把他當作梅菲斯托費勒斯或詩人）也是滿口胡言的酒館老闆，用他那些杯子羅織騙局，奢望能當上皇帝，而命運之輪（不再隱喻黃金工坊、奧林帕斯山或月世界）象徵的便是他翻轉世界的企圖心。

他上路了。結果在森林裡……這時候需要把女教皇這張大阿爾克納牌解讀為在林中舉行狂歡儀式的大祭司，她對這個路過的

旅人說：「將你偷走的聖杯還給酒神的女祭司！」如此一來也就能解釋名為節制的塔羅牌中那個打著赤腳、衣服被酒潑濕的少女是誰，以及聖杯一中那個精雕細琢的高腳杯為何形似祭壇。

同一時間，為我們斟酒的那位可能是勤快酒館老闆娘，或是殷勤女堡主的豐腴女子，也用三張牌開始說她的故事：權杖皇后、寶劍八和女教皇。在引導下，我們得知女教皇其實是修道院院長，而敘事者早年是寄宿在修道院內的一名柔弱女學生，為了消弭修女們面對戰事逐漸逼近的恐懼，她說：「讓我向入侵的傭傭兵隊長挑戰，一決勝負（寶劍二）。」

正義這張塔羅牌告訴我們，這名女學生其實是身手矯健的劍客；當陽光照亮戰場，她氣勢十足地出場，耀眼奪目（太陽），接受她挑戰決鬥的王子（寶劍騎士）對她一見鍾情。婚宴（聖杯）在新郎雙親（女皇和錢幣國王）的宮殿中舉行，那二人對門不當戶不對的媳婦面露不悅毫不遮掩，等新郎不得不再度出發

（聖杯騎士漸行漸遠），這對冷血的父母便雇用（錢幣）殺手將新娘帶去林中（權杖）殺害滅口。接下來力量和倒吊人所指乃同一人，殺手撲向母獅子，結果被孔武有力的女戰士反過來制伏，綑綁後頭下腳上吊起來。

這位女英雄逃脫伏擊後，便偽裝成酒館老闆娘或城堡女僕，也就是我們眼前這名女子，跟節制那張大阿爾克納牌中的人像一樣，為大家斟倒純釀葡萄酒（聖杯一以各種跟酒神有關的元素確保此一解讀）。此時此刻，她在桌上準備了兩個人的餐具，等待新郎回來，同時盯著森林裡的風吹草動、每一張發出去的塔羅牌，以及互相交織的故事裡每一個意外轉折，直到遊戲結束。然後她將牌打散，洗牌，從頭開始。

1 帕里斯（Paris），特洛伊王子，愛上海倫將她帶回特洛伊，引發了長達十年的戰爭。

2 在西方古代哲學中，太一即獨一，沒有界線，沒有區分，渾然為一。

3 盧克萊修（Titus Lucretius Carus，西元前 99-55），羅馬共和國時期詩人、哲學家。

命運交織的酒館

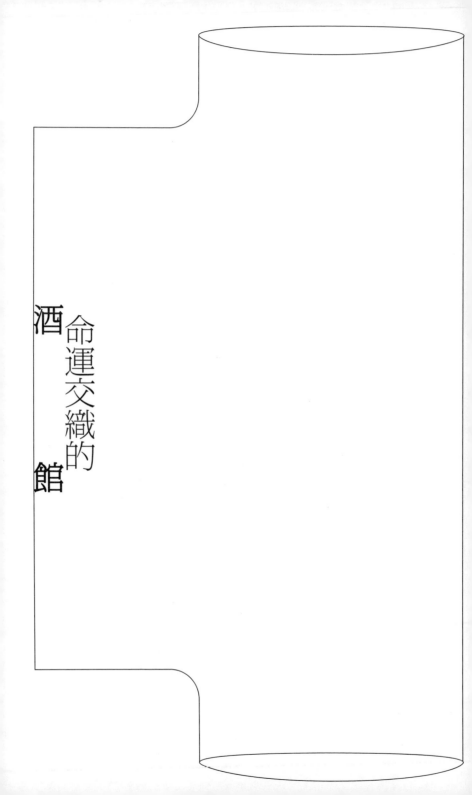

酒館

我們走出黑暗，不，是走進黑暗中。外面一片漆黑，室內煙霧瀰漫，但可以視物，那濛濛的光應該是燭光。我們還看見了幾種顏色，白色紙板上有黃色，有藍色，斑爛色塊則有粉紅色，還有綠色。紙板上畫有黑框，原來是一張張有彩色圖案的白色紙牌散落在桌上。有權杖，有茂密的枝椏、樹幹、樹葉，還有不久之前在林間朝我們劈砍的鋒利長劍。我們在黑暗中迷失方向遭到伏擊，幸好及時看到一點光、一扇門，看見金光閃閃的錢幣和酒杯，以及這張杯盤狼藉、擺著冒煙熱湯和酒壺的桌子。我們雖然得救，但驚魂未定，我們想把故事說出來，我們有故事可以說，每個人都想把發生在自己身上的故事說給其他人聽，在黑暗中，在靜謐中，述說自己看到了什麼。但是現在這裡很吵，我該如何讓別人聽見我說話，連我都聽不見自己的聲音，我根本無法發聲，我沒有聲音，也聽不見其他人的聲音。但我能聽見各種雜音，所以我沒聾，我聽見碗盤碰撞聲、拔酒瓶塞的聲音、湯匙敲打的聲音、咀嚼聲和打嗝聲，我比劃手勢讓別人知道我沒有聲音，其他人也比劃著同樣的手勢，大家都成了啞巴，都失去了說話能力。我們在森林裡，圍坐在這張桌子旁，有男有女，有衣著光鮮的，也有衣衫襤褸的，全都神色慌張，因為看見彼此可怕的樣子，不分老少都是一頭白髮，我也在這些如鏡子般的紙牌上看見自己，我也因為驚嚇過度滿頭白髮。

我該如何開口述說，我失去了說話的能力，或許還失去了記憶。我該如何想起在外面發生了什麼，一旦想起我又該如何找到說話能力、找到聲音把故事說出口。我們每個人抓耳撓腮，都試著用手勢加表情，好讓其他人理解自己的意思。幸好還有桌上這些紙牌。那是一副塔羅牌，最普通的那種，俗稱馬賽塔羅牌，又名為貝嘉莫紙牌，或拿坡里紙牌，或皮耶蒙特紙牌，想叫什麼名稱都可以，這幾種紙牌未必完全相同但十分相似，在小鎮餐館裡常見，吉普賽女郎隨身攜帶的那種。紙牌圖案線條分明，略顯粗糙，但是有些出人意表的細節，看不大出來是什麼，彷彿在木板上刻出這些圖案後準備印刷的那個人，是以極其繁複、不知道有多少設計巧思的某些精雕細琢圖案為範本，而他用那雙大手進行復刻的時候，拿起鑿刀就開工，既顧不上好壞，也沒想要了解自己復刻的是什麼，之後在木刻板上塗抹油墨就算完工。

我們同時伸手拿牌，有的人像圖案跟其他人像圖案排在一起，讓我隱約想起我為何來此，我想釐清自己究竟發生什麼事，好展現給其他人看。其他人也在紙牌中尋找，用手指著這張或那張牌叫我看。場面一團混亂。最後我們搶走彼此手中的紙牌，全部放回桌上。

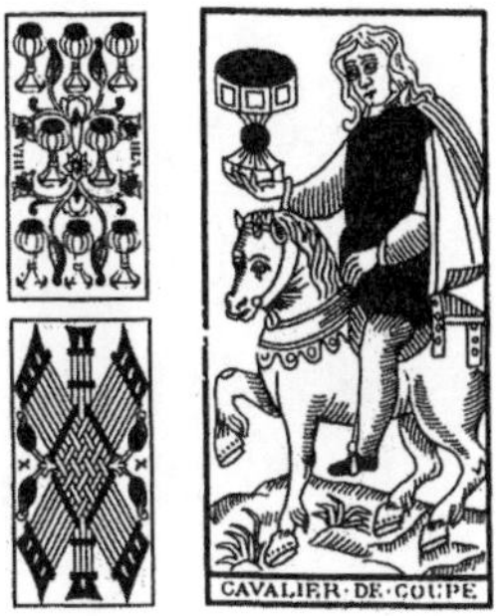

舉棋不定者的故事

我們之中有人翻開一張牌，拿起來，彷彿照鏡子般看著它。那張聖杯騎士看起來真的跟他很像，不僅是憂心忡忡的臉、瞪大的眼睛和垂至肩膀、全然花白的長髮，還有他雙手放在桌上不知如何是好的侷促模樣，都跟右手捧著體積過大以致平衡不易的聖杯，左手用指尖拎著韁繩的牌中人像神似。就連那匹馬也貌似進退維谷，彷彿大地晃動，馬蹄無法穩穩地落在地上。

這個年輕人在手邊所有紙牌中找到那張牌之後，似乎領悟到箇中特殊涵義，便開始一張接著一張把牌排成一列，宛如串起一條線。他一臉沮喪地在聖杯八和權杖十旁邊放下一張大阿爾克納牌，這張牌在不同地方有不同名稱，愛情、情人或戀人，讓人聯想到他是因為心碎而不得不離開歡樂的喜宴到林中散心。或是他

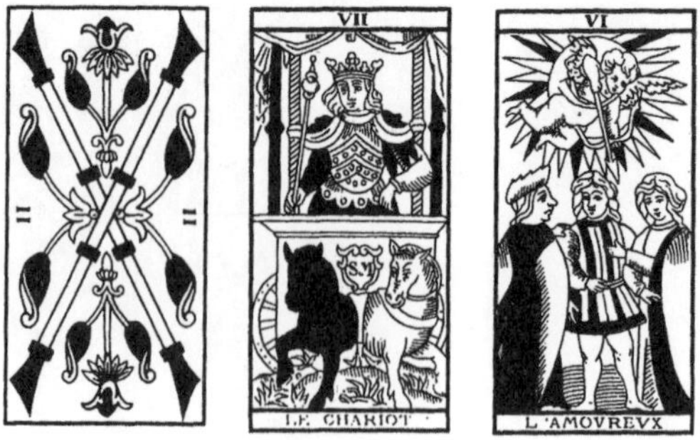

缺席了自己的婚宴，在舉行婚禮當天躲進森林裡。

也許在他的生命中有兩名女子，而他難以做出抉擇。因為愛情的圖案是這樣的：原本一頭金髮的他，站在兩名女子中間，其中一名女子用手抓著他的肩膀，眼神熱切地望著他，另一名女子則整個人嬌滴滴地倚靠在他身上，讓他左右為難。每一次他就快要決定兩人之中哪一個更適合做他的新娘，說服自己放棄另一個的時候，就又因為發現自己其實更喜歡另一個所以無法放棄。猶豫不決中唯一不變的是，他少了哪一個都不行，因為取的反面就是捨，無論他做出選擇或放棄，究其實並無差別。

想從這個僵局中脫身的他只好出發旅行。可以想見年輕人現在放在桌上的塔羅牌是馬車：兩匹馬拉著豪華馬車走在林中顛簸的路上，韁繩並未握在手中，順其自然應該是他的一貫作風，每次遇到叉路他都不做選擇。權杖二意味著他來到兩條路的交叉口，兩匹馬其中一匹想拉著車走這邊，另一匹馬想走那邊，馬

車輪子往兩邊岔開幾乎與道路成直角，表示車子停在原地不動。也有可能是車子雖然在動，但是跟停在原地並無分別，就像許多人前方道路一片平坦，可以高速飛越山頭及河谷，穿過花崗岩山脈，可以自由地選擇去向何方，但無論去向何方，對他而言永遠都一樣。我們看著紙牌上的他意氣風發駕著馬車，貌似胸有成竹，一切都在掌控中，實際上他的內心搖擺不定，一如披肩斗篷上那兩個面具，各自看往不同方向。

到底該走哪條路，只能交給命運：錢幣侍從代表的是年輕人朝空中擲幣，會擲出頭像，還是十字？或許兩者都不是，錢幣滾啊滾，滾進灌木叢裡，滾到正好立在兩條路中間的一棵老橡樹下。年輕人用權杖一這張牌顯然是為了告訴我們不知道該走哪一條路的他只好選擇第三條路，他走下馬車，爬上多結的樹幹，爬上持續分叉、逼得他不得不做出選擇的枝椏。

他希望從一根枝枒爬高到另一根枝枒後能夠看得更遠，明白

那兩條路通往何方。可是下方枝葉太過濃密，俯視的視線受阻，抬頭往樹梢看，又被太陽照得眼花，逆光的樹葉在刺眼陽光照耀下變得繽紛多彩。得解釋一下太陽這張牌有兩個小孩代表什麼：應該是指這個年輕人抬起頭，才發現樹上不是只有他一個人，有兩個小孩比他更早就爬上了樹。

他們看起來像孿生子，長得一模一樣，打赤腳，金髮。年輕人必然開口詢問，他說：「你們兩個在這裡做什麼？」或是：「爬到樹梢還要多久？」孿生子的回答是用模稜兩可的手勢，指向背景地平線上那沐浴在陽光下的城牆。

這座城在哪裡？跟樹的關係是什麼？聖杯一的圖案是一座城，城牆外緣有許多高塔矗立，包括尖頂塔和圓頂塔。還有棕櫚樹葉、雉雞翅膀和藍色翻車魚魚鰭從這座城池的花園、鳥籠和水池裡冒出來，我們可以想像那兩個小淘氣如何在這裡穿梭追逐又消失無蹤。這座城似乎穩穩地立於金字塔頂端，抑或是立在一棵

巨樹的樹梢上，所以這是懸在高空枝椏上的一座城，彷彿鳥巢，城池地基是猶如寄生在其他植物頂端、往下垂吊的某種植物氣根。

年輕人出手放紙牌的速度越來越慢，也越來越猶豫，我們有的是時間跟在他後面反覆推敲，思考他默不作聲在琢磨哪些問題，因為我們也在想：「這是哪座城？是萬物之城嗎？是萬物匯集、所有取捨都能取得平衡、對人生的期待和實際所得之間的落差能夠被填補的那座城嗎？」

那座城裡可有人能為這位年輕人解惑？我們想像他由城牆那扇拱門進城，走到一個大廣場，廣場底端有高聳階梯，出現在階梯頂端的那個人雍容華貴，不是端坐寶座上的神祇，就是頭戴冠冕的天使（他身後有兩個突出物，可能是寶座的椅背，也可能是一對翅膀。復刻圖案的手法實在太過粗糙）。

「這是你的城？」年輕人問他。

「是你的。」這個答案超乎他所預期。「你會在這裡得到你想

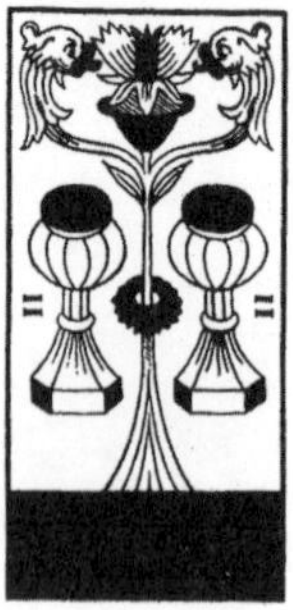

要的。」

我們當然無法奢望年輕人面對這個突如其來的結果，能許下什麼了不起的願望。好不容易爬上來的他汗流浹背，開口只說：「我口渴！」

寶座上的天使說：「你只需要在這兩口井之間做選擇。」他指著空無一物的廣場上兩口一模一樣的井。

只要看一眼那個年輕人就知道他再次不知所措。頭戴冠冕的天使此刻手中多了一個天平和一把劍，象徵高坐在天秤星宿上的他守護著正義與公平。所以，即便在萬物之城裡，也只能夠選擇一個放棄一個，取其一而捨其餘？那還不如空手來也空手離去，然而就在他轉身之際，看見兩位皇后分坐在廣場兩端面對面的兩個陽臺上。他彷彿看見自己放棄選擇的那兩名女子，好似駐守在那裡，不讓他離開那座城，因為她們二人手中都握著一把出鞘的長劍，一人右手握劍，一人左手握劍，顯然是為了對稱的緣故。

只不過，其中一人手中握的是劍無庸置疑，而另一人握的卻有可能是鵝毛筆，或收攏的圓規，或一只笛子，或拆信刀，如此一來，這兩名女子向還在尋找自己的年輕人指出的道路就截然不同了。一條路指向熱情，採取行動，有侵略性，一刀兩斷；另一條路則指向智慧，需要細細思索，慢慢學習。

年輕人一邊排列紙牌一邊比劃，不時表現出對接下來該選哪張牌猶疑未決、舉棋不定的樣子，或是因為懊悔過早把某張牌擺出來，保留到後面可能會更好而握起拳頭，或是手勢放鬆隨意看似滿不在乎，反正不管選哪一張塔羅牌或哪一口井都是一樣的。就像那些反覆出現、如出一轍的聖杯，或像在一成不變世界裡出現在你面前的物和命運，彼此交互替換也不會有什麼不同。以為可以選擇的人不過是自欺欺人。

該如何解釋他明明覺得口渴，而那兩口井卻無法滿足他？因為他要的是所有井水及河水匯流合一的那一池水，也就是名為星

星或群星那張大阿爾克納牌中的海洋，那裡是生命之泉的起源，集融合與恩典之大成。不著寸縷的女神手中有兩個水壺，裝著為口渴之人準備的清涼瓊漿（周圍是烈陽荒漠的黃色沙丘），在礫石岸邊傾倒澆灌，轉瞬間虎耳草就在沙漠中萌芽滋長，烏鶇在密密的枝葉間啼唱，注定湮滅的生命是物質的虛耗，大海不過是重複數十億年來從未間斷過的星雲爆炸原子碰撞，這在乳白色的銀河裡再尋常不過。

從年輕人往桌上用力甩出這張牌的手勢，可以想見他在高聲吶喊：「是大海！我要的是大海！」

「那就給你海！」來自天體強而有力的回應必帶來災害，海面上升海水湧向荒廢的城，舔拭在山頭避難、對著漸漸逼近的月亮嚎叫的狼群腳掌，甲殼大軍則從海底深淵推進，重新佔領地球。

一道閃電擊中樹梢，讓高懸在枝椏間那座城池的城牆和塔都跟著晃了晃，同時照亮了令人毛骨悚然的一幕。年輕人揭牌的手勢緩慢，但眼神驚恐。寶座上那位氣度雍容的王者變了模樣，讓人再也認不出，在他身後展開的不是天使的羽翅，而是如蝙蝠般的飛翼，遮蔽了天空，原本眼神堅定的雙眼出現斜視，冠冕長出分叉的角，斗篷掉落露出雌雄同體的肉身，手和腳都長出利爪。

「你不是天使？」

「我是駐守在岔路上的天使。任何人想要追溯歧異都會遇到我，任何人想要深究矛盾也會遇到我，任何人想要回頭將分開的融合在一起，我的飛翼就會甩在他臉上！」

孿生的太陽之子出現在他腳邊，變成了人獸合體的兩個怪物，他們身上長出角、尾巴、魚鰭、獸足和鱗片，用兩條長長的牽繩或臍帶與那個凶殘的天使連結，說不定孿生子以同樣方法各自用牽繩再另外控制兩個體型更小的惡魔，只是沒有畫在塔羅牌上。這些分岔再分岔出去的繩索拉起一個網，在山蝠、鴞、蛾、胡蜂和蠓拍打牠們黑色的小小翅膀時，像一個巨大的蜘蛛網隨風

搖曳。

是風，還是海浪？紙牌背景的那條線或許是已經淹過樹梢的海面，所有植物都被搖擺的海藻和軟體動物觸鬚所取代。那個無法取捨的男人終於做出了選擇，如今擁有大海的他倒栽蔥泡在海水裡，在海底的珊瑚礁間晃漾，他這個倒吊人頭上腳下倒吊在不透光的海面下漂移的馬尾藻叢裡，帶動細如髮絲的綠色海藻在地勢陡峭的海底掃來掃去。（索索斯特斯夫人[1]手中把玩的正是這張牌，她是著名的千里眼，但說的話不明不白，她用這張牌將羅伊德銀行那個了不起的雇員[2]既獨特又普通的命運神格化，是不是因為在他身上看見了被淹死的腓尼基水手[3]的身影？）

如果他只想要從個人困境、階級和角色中掙脫，想要聽見分子轟隆隆巨響，融入最初和最終的物質，那麼世界這張大阿爾克納牌為他打開了一條路：被麥穗環繞的維納斯在空中跳舞，宙斯的各種化身環繞在她身側，不同物種、個人及人類史都不過是突

變和演化過程中一個偶發的環節。

他自然還得把命運之輪轉到底，正在進行的動物演化很難說誰在上誰在下，或者需要更長時間才能轉完一圈，必須經過腐爛解體，下沉到地心分解成元素，等待一場又一場災變將塔羅牌重新洗牌，一如最後審判那張撼動大地的大阿爾克納牌，讓被掩埋的地層重見光明。

這位不幸的夥伴雙手顫抖、臉色灰白，向我們隱晦暗示他經歷了什麼：那天晚上他被斬碎（寶劍）後回復最初的元素狀態，先經過火山口（聖杯），再歷經不同地質年代，差一點被困在靜止不動的水晶裡（錢幣），經過森林滋長（權杖）重新復生，直到再次回復原本的人形，也就是騎在馬背上的錢幣騎士。

是他或他的替身才剛剛變回原本的模樣，就一頭衝進了森林裡？

「你是誰？」

「我是原本要與你未選擇的那名女子結婚的人，我原本會在岔路中選擇另一條路，在兩口井中選擇另一口井。你不做選擇，便妨礙了我做選擇。」

「你要去何處？」

「跟你去的那間酒館不一樣的另一間酒館。」

「我會在哪裡再見到你？」

「跟你吊死的那個絞刑臺不一樣的另一個絞刑臺上。永別了。」

---

1 索索斯特斯夫人（Madame Sosostris），英國詩人艾略特（T. S. Eliot, 1888-1965）作品《荒原》（*The Waste Land*）中的吉普賽占卜術士，「是全歐洲最有智慧的女人」。

2 「羅伊德銀行那個了不起的雇員」應指曾任職該銀行的詩人艾略特。咸認為一九二〇年代塔羅牌曾風靡一時，艾略特的詩作有推波助瀾之功。

3 索索斯特斯夫人翻出的第一張牌便是「被淹死的腓尼基水手」，因古代有將豐年神像丟入水中表示夏天結束、期許次年豐收的儀式，與海中的「倒吊人」皆隱喻經過水的洗禮，死而復生。

森林反撲的故事

故事的思路有些混亂，不只是因為將一張牌和另一張牌搭配在一起本來就難，也是因為每當那個年輕人要在原本的排列組合裡加一張新牌，就會有十隻手伸出來想把那張牌拿走放入各自的故事裡。大家從四面八方偷襲，他只得用手掌、手臂、手肘護住自己的牌，甚至把牌藏起來，顧不得有人想要了解他正在陳述的那個故事。幸好在所有搶牌的人之中，有人伸手幫忙留住了他那一列牌，由於那雙手就尺寸和重量而言都比其他人的手大三倍，手腕和手臂的粗壯程度也成正比，拍打桌面的力氣和堅定不移都無人能及，所以那個舉棋不定的年輕人最後留下來的牌，是那雙陌生人的大手護住的牌。很難解釋這個人之所以這麼做是因為對年輕人猶豫不決的故事感興趣，抑或是在無意間留下來的那些牌

中認出了他在意的故事，也就是他自己的故事。

不是他，是她。撇開手的大小不論，從她的手指、手掌、手腕和手臂可以看出那是屬於女性的手指、手掌、手腕和手臂，屬於一名圓潤豐腴的女性，順著她的手往上看，那是一個身材高大的年輕女性，直到不久前都乖巧地坐在我們中間。她突然間克服了羞怯開始比劃手勢的時候，手肘頂到旁邊幾個人的肚子，把他們從椅子上擠了下去。

我們抬頭看著她的臉漸漸變紅，不知道是因為羞赧或憤怒，再低頭看權杖皇后那張牌的人像，發現跟她十分相像，一臉土氣，滿頭茂密的白髮，舉止粗魯。她用手指點了點那張牌，彷彿一拳打在桌上，板著臉的她想說的應該是：

「對，那個人就是我，這些密密麻麻的權杖代表森林，是我父親養育我的地方，他對文明世界不再報有美好期望後，就棲身這片森林當隱士，好讓我遠離人類社會的惡劣影響。我跟野豬和

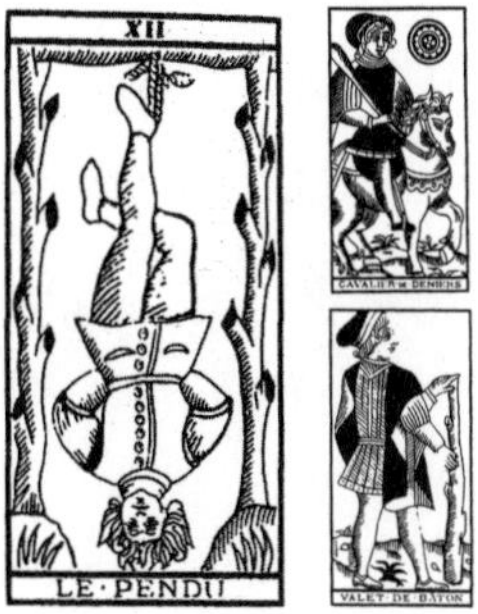

野狼玩耍，練出一身力量，我知道生活在森林裡，必須面對動物和植物不斷互相殘殺、彼此吞噬，但是這一切自有法則：野牛、人類或禿鷹活著的時候力量不受控，所到之處盡成不毛之地，待死去後，便化為給養螞蟻和蒼蠅之糞土……」

這個法則，古早的獵人都清楚，但是今天已不復記憶。這是我們看見這位美麗的馴獸師毫不留情又冷靜地用指尖掰開獅子血盆大口時得到的解讀。

她與林中野獸一起長大，跟人相處時亦保留了野性。當她聽見馬蹄聲，看見一名俊美的騎士從林中小徑經過，躲在灌木叢中窺視的她害羞轉身就跑，隨後抄捷徑跟在他身後。結果發現他被攔路匪徒綑綁，頭上腳下倒吊在一棵樹上，將他的財物洗劫一空。這位森林女漢子毫不猶豫，揮舞著手中的木棍撲向匪徒，他的骨頭、肌腱、關節和軟骨如同枯枝應聲斷裂。我們可以合理推測，她為那位俊美的青年鬆綁，然後像獅子那樣伸出舌頭舔拭

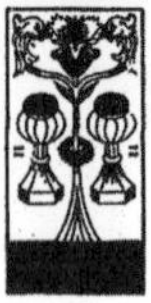

他的臉頰喚醒他。她取下掛在脖子上的水壺，倒了兩杯只有她知道配方、類似發酵的杜松汁和羊酪乳之類的飲品給他。騎士對她說：「我是帝國儲君，皇帝的獨生子。你救了我，告訴我該如何報答你。」

她回答道：「留下來陪我玩一會兒。」她說完就躲進草莓樹叢裡。那個飲品其實是強效春藥，他緊跟在後追了上去。說故事的她遮遮掩掩匆匆放下大阿爾克納牌世界，作為隱晦暗示：「……這個遊戲，讓我失去了童貞……」而這張牌的圖案說明她毫不猶豫擺出舞姿，向那名年輕人展現自己裸露的身體，而且每一次旋轉跳躍，他都會在她身上發現一個新的優點：像母獅一樣強壯，跟老鷹一樣高傲，跟乳牛一樣散發母性光輝，跟天使一樣溫柔。

下一張牌證明王子動心了，愛情，卻也點出一個混亂局面：這個年輕人已經結婚，他的合法妻子可不會輕易放開他。

「森林裡不重視這些法律羈絆，你留在我身邊，忘了宮廷，忘了那些行禮如儀和勾心鬥角吧。」她可能向他提出了類似的好心建議，忽略了王公貴族心中自有一把尺。

「只有教皇才能解除我的婚姻關係。你在這裡等我。我回去處理好事情就回來。」他坐上他的馬車，頭也不回地離開，只留給她少許酬金（錢幣三）。

被拋棄的她，在群星完成幾次運轉後開始陣痛。她步履維艱走到河邊，林中動物不需要任何協助就能自行分娩，她有樣學樣，在太陽升起時，生下一對體格健壯的孿生子，下地就能站立。

「我要帶著我兒子去找皇帝，尋求正義，我要他承認我才是他王位繼承人真正的妻子，是他家族子嗣的母親。」之後她便出發前往皇城。

她走啊走，始終走不出森林。途中遇到一個被狼群追趕的

人，愚者。

「苦命的孩子，你想去哪裡？皇城和帝國都已不復存在！這些路無法帶你到任何地方！你自己看！」

枯黃的草和荒漠的沙覆蓋了城裡的柏油路和人行道，沙丘上豺狼嚎叫，被埋在沙丘下的廢棄宮殿敞開的窗彷彿空洞的眼眶，老鼠和蠍子從地窖和地道湧出。

但是這座城池未死，機器、馬達、渦輪都還在嗡嗡作響，持續驅動，每一個命運之輪依舊與其他齒輪咬合轉動，車廂在軌道上跑，訊號在電纜上傳輸，只是沒有人在那裡負責發送或接收、供給或卸載。那些機器早就不需要人工操作，而今總算擺脫了人類。被流放多時的野生動物回來，重新拿回人類從森林瓜分走的土地。狐狸和貂用牠們鬆軟的尾巴在面板的方形按鈕、操控桿、儀表盤和圖表上掃來掃去，獾和睡鼠窩在蓄電池和磁力發電機上。曾經不可或缺的人類，如今一無是處。因為這個世界接收來

自世界內部的各種資訊，只需要計算機和蝴蝶便足以樂在其中。

於是，地球反撲的力量如龍捲風和颱風接連爆發。已經被認定滅絕的飛鳥大量繁殖後如風暴般從四面八方席捲而來，發出震耳欲聾的鳴叫聲。當躲進地下洞穴裡的人類試著探出頭來，會看見天空被密密麻麻的翅膀所覆蓋，暗不見天日。他們這才知道，塔羅牌審判代表的那一天已經來臨。而最後一張牌宣告的是：寧錄[1]建造的塔因為一根羽毛而坍塌的日子不遠矣。

1 寧錄（Ninrod），根據聖經創世紀記載，他是諾亞的曾孫，自封為王，是人類第一個統治者。

戰士幸免於難的故事

儘管她很擅長說故事，但不代表她的故事比別人的更容易解讀。一方面是因為塔羅牌祕而不宣的遠比顯露出來的多，再者也是因為只要有一張牌寓意深遠，其他人就會立刻伸出手來試圖搶走，放進他們自己的故事裡。一個人剛開始說故事的時候，彷彿所有塔羅牌都為他個人所有，然而轉眼間就可能因為跟別人用了相同的悲慘圖案，以至於他的故事結尾跟其他故事結尾有所重疊。

舉例來說，有一個人看起來應該是現役軍官，選擇用權杖騎士代表自己展開故事，他還刻意向大家展示那張牌，好讓每個人都看見那天早晨他離開軍營的時候，騎的是披掛鞍布的駿馬，身上穿的是精心縫製的合身軍裝，外罩亮晶晶的盔甲，脛甲的扣帶還是一朵梔子花。他的意思應該是，那才是他原本的樣貌，我們

現在看到他衣衫襤褸，瘸著腿，都是因為他接下來準備要說給我們聽的歷險故事。

其實如果仔細看塔羅牌上那個人像，還是有一些地方跟他現在的樣子相符：一頭白髮，眼神迷茫，長矛斷裂剩下一節殘木。那也有可能不是長矛殘骸（因為他用左手握著），而是一捲羊皮紙，是他奉命要傳遞的訊息，途中或許得穿過敵軍陣營。我們猜測他是一位副官，銜令要去國王或司令所在的指揮總部遞送攸關戰役成敗的重要軍情。

鏖戰正酣。寶劍十，兩軍對峙揮劍殺入對方陣營，這位騎士身陷其中。戰亂中只有兩種方法作戰：衝進去遇到誰就打誰，或在所有敵人之中隨機挑選一個，跟他一決勝負。我們這位副官眼見一位寶劍騎士迎面而來，無論是那個人或跨下坐騎的打扮裝備都格外優雅顯眼，他身上的盔甲與放眼望去其他人拼拼湊湊的盔甲不同，所有配件一個都不缺，從頭盔到腿甲都是單一顏色：長

春花紫，只有護胸和護腿是金黃色。他腳上穿著大馬士革製的紅色便鞋，跟坐騎鞍布的顏色相同，臉上雖然又是汗水又是塵土顯得狼狽，但難掩面容俊秀。他用左手拿劍，這個細節不容忽視，左撇子通常是難纏的對手。不過我們副官也同樣用左手使劍，二人都是難纏的左撇子，可說是棋逢敵手。

兩把寶劍在漫天飛舞的枝椏、橡實、綠葉和盛開的花朵間交錯，意味著二人展開了一場殊死決鬥，周圍的花草隨著他們互相劈刺、砍殺四散紛飛。剛開始，跟我們的夥伴相比，長春花騎士的出劍速度似乎勝過力道，只要死命撲上去應該就能壓制他，然而他連續反手出擊，像釘子一樣把副官固定在地上動彈不得。斷刃散落地上乍看以為是蛇，他們的坐騎摔倒在地彷彿烏龜四腳朝天蹬腿。長春花騎士頑強抵抗，跟馬一樣健壯，跟蛇一樣難以捉摸，跟烏龜一樣有硬殼保護。決鬥越難分出高下，就越想要展現自己所長，發掘自己或敵人出乎意料之外的全新潛能，結果他們

在你來我往之中，漸漸多了一分舞蹈的優雅。

我們的副官沉迷於決鬥中，已然忘記自己有任務在身，直到森林上空傳來號角聲，應該是名為審判或天使的那張大阿爾克納牌中正義天使吹響的號角。那象牙雕成的號角，呼喚皇帝的追隨者集結。顯然皇帝的軍隊遭遇莫大威脅陷入險境，身為軍官的他應該毫不遲疑前往支援自己的君王，但是他怎麼能中斷這場事關個人榮耀，同時帶來莫大樂趣的決鬥呢？所以得儘快分出勝負。乍聞號角聲就拉開了距離的他準備重新迎戰敵人，可是，長春花騎士人呢？他只不過愣了一下，對手就消失了。副官衝進森林裡，既是為了追隨警示的號角，也是為了追擊脫逃的敵人。

他在茂密森林裡披荊斬棘前進。故事也隨著一張接著一張牌邁開大步向前快速推進。森林戛然而止，現在他身邊是遼闊的原野，一片寂靜，彷彿籠罩在黑夜陰影中的荒漠。再仔細一看，其實滿滿都是人，亂糟糟的遍地都是，不留分毫空隙。只不過人都

是躺平的，像是被鋪排在地上一般，沒有人站立，或仰面躺著或趴臥著，再也無法從被踩踏蹂躪過的草地抬起頭來。

還沒被死神帶走的幾個人尚在掙扎，看起來像是在被他們的血染黑的泥濘中學習泅泳。東一隻、西一隻手掌開開闔闔，尋找砍斷前相連的手腕，腳踝以上再也沒有身體重量需要支撐的腳掌試著踏出輕盈步伐，侍從和君王的頭顱搖來搖去想要甩開垂在眼前的頭髮，或將毛髮稀疏的頭頂上歪斜的皇冠擺正，結果只換來下巴在塵土裡磨蹭，吃進滿嘴砂礫。

「皇家軍隊遭遇何種劫難竟然全數覆沒？」這應該是他遇到第一個活人後開口問的問題。那人滿身髒污、衣衫襤褸，遠看很像是塔羅牌裡的愚者，近看才知道他是從那個殺戮戰場逃出生天、跛著腳的一名受傷士兵。

在我們這位副官靜默的故事中，那位逃過一劫的士兵聲音像是走調的母雞咯咯叫，用難以理解的含糊方言說著支離破碎的句

子，例如：「別問蠢問題，中尉！有腿的都跑！局勢驟變！那個軍隊誰知道從哪冒出來，之前沒見過，跟魔鬼附身一樣不要命！最可怕的是全朝我們的脖子和腦袋來，我們本就是蒼蠅的美食！長官，你得把自己遮掩好，躲遠一點！」小兵拖著一袋從屍體身上搜刮的財物離開時，難掩馬褲破掉的羞窘，好幾隻流浪狗湊上去嗅聞他散發的熟悉惡臭。

儘管如此，依然無法阻止我們這位騎士繼續前進。他避開嚎叫的豺狼，沿著那片死原的邊界探查，在月光照耀下，他看見一面金色盾牌和一把銀色寶劍掛在樹上閃閃發亮。他認出那是屬於決鬥對手的武器。

下一張牌傳出潺潺流水聲。一條溪流穿過蘆葦叢，那個不知名的戰士站在河岸邊正卸下身上盔甲。副官自然不能趁人不備發動攻擊，只好躲在河口，等對方重新拿起武器，有自衛能力。

卸下盔甲後的戰士露出白皙纖細的四肢，取下頭盔後棕色長髮如瀑布般沿背脊垂至那圓翹的弧線處。那名戰士有少女的細嫩肌膚、仕女的緊實小腿和皇后的胸脯與腹部，在群星夜空下蹲在溪邊準備洗漱。

如同每一張放在桌上的新塔羅牌，或是為了進一步解釋，或是為了修正先前那些牌代表的意義，這張牌徹底澆熄了我們副官的熱血與決心。如果說他原先對那位可敬對手的較量、欽羨和敬重心態跟一心求勝、報復和制伏對方的企圖相衝突，那麼此刻相衝突的則是自己曾被一名少女撂倒在地的羞愧感、急於重振被踐踏的男性優越感跟潰不成軍甘願臣服於她的手臂、胳肢窩和乳房下的慾念。

各種念頭中第一個冒出來、也是最強烈的那個念頭是：既然男性和女性角色錯亂，勢必得立刻重新調整桌上的牌，重整被他擾亂的秩序，因為若是沒有秩序，一個人就會搞不清楚自己是誰，也不知道接下來會發生什麼事。所以那把寶劍不該屬於那名

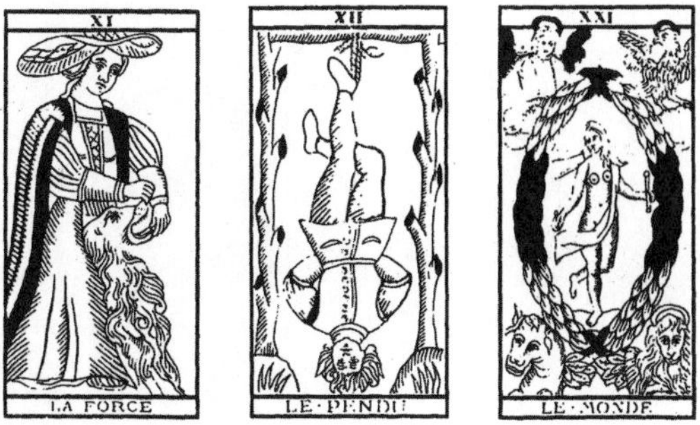

女子，是她侵占了他人之物。如果對手跟自己一樣是男性，副官絕對不會利用那人手無寸鐵的時候出擊，更不可能偷偷拿走那人的武器。但他現在在灌木叢間匍匐前進，向掛在樹上的武器靠近，悄悄伸出手抓住那把劍，從樹上解下轉身溜走。「男人和女人之間的戰爭既無準則，也不需誠信，」他心裡這麼想的時候，還不知道這句話會應驗在自己身上。

他正打算在森林裡隱去行蹤之際，忽然察覺到自己的手腳被人抓住綑綁，成了頭上腳下的倒吊人。一個個原本在河邊戲水的長腿裸女從灌木叢後面跳出來，就像世界那張塔羅牌中突然出現在枝葉纏繞通道出口的那名女子。原來是一群身材高大的女子軍團剛結束一場戰役，在河岸旁沐浴淨身曬太陽以便恢復迅猛母獅的力量。不到一秒鐘她們就全部撲上去，將人制伏後上下顛倒，一點一點把人撕碎，又掐又擰，拉過來扯過去，用手指、舌頭、指甲和牙齒品嚐他的味道，不，這樣不行，你們瘋了嗎，別碰那

裡，你們在對我做什麼，那裡不行，住手，你們會毀了我，哎哎哎，手下留情。

被丟在那裡等死的他被一名隱士救起。那名隱士藉燈籠照明走遍戰場，拼湊死者遺骸，醫治殘者傷口。可以從敘事者用顫抖的手放在桌上最後那幾張牌來解讀這位仁者說了什麼：「士兵，我不知道讓你存活下來是好是壞。不是只有你所屬的軍隊面臨潰敗和屠殺。那群亞馬遜女戰士軍隊打敗並屠殺了全球各大洲上萬年來由其實不堪一擊的男性君主領導統治的軍團和帝國。維繫家庭中男女關係、立基薄弱的休戰協定已經破裂，妻子、姊妹、女兒和母親不再視我們為父親、兄弟、兒子和丈夫，而是她們的敵人。她們全都拿起武器加入復仇行列，我們男性引以為傲的強項一一被瓦解，沒有一個男人得以幸免，沒有被殺的都被閹割了，少數被遴選為雄蜂的得以苟延殘喘，但是等著他們的是更殘酷的折磨，沒有人會想要以此自我吹噓。那些自詡為男人的男人無一幸免。未來數千年，世界將由復仇女王統治。」

吸血鬼王國的故事

我們之中有一個人看到圖像處境堪憂的紙牌出現無動於衷，反而對大阿爾克納十三號牌死神表現出莫大興趣。他個頭高大，跟權杖侍從的身形十分相仿，排列紙牌的手法給人感覺像是在執行平日的勞動工作，很注意延伸出去的紙牌要互相對齊，之間要留等距空隙，而且權杖侍從手中那支木棍很容易讓人聯想到插入土裡的木樁，由此推斷他的職業應是掘墓人。

在朦朧燈光下，他用這幾張牌描述夜間景象：聖杯猶如蕁麻叢之間的骨灰罈、靈柩和墓穴，寶劍發出的金屬鏗鏘聲是鐵鍬或鐵鏟碰撞到鉛製的靈柩蓋，黑色的權杖像歪斜的十字架，錢幣則是一明一暗的鬼火。雲霧一散開露出月亮，在墳塚周圍扒土、與蠍子和狼蛛爭奪腐食盛宴的豺狼便放聲嚎叫。

我們可以想像有一個國王在夜色中踟躕前行，身邊跟著他的弄臣，也就是宮廷裡負責逗樂的侏儒（我們看到的牌是寶劍國王和愚者），並假設掘墓人偷聽到他們之間的對話。那個時間、那個地方，國王在尋找什麼？聖杯皇后告訴我們他在跟蹤他的妻子：弄臣看見皇后悄悄溜出皇宮，便半開玩笑半認真地說服國王跟蹤她。侏儒喜歡挑撥離間，懷疑皇后有不可告人的地下戀情，但是國王相信自己妻子的一切作為都可以攤在陽光下，她是為了救助那些被遺棄的幼兒才不得不常常出宮。

國王天性樂觀，在他的王國裡一切都往好的方向發展，錢幣流通無礙，投資穩當，講究奢華享受的顧客可以開心舉起滿溢的酒杯暢飲，大型設備的齒輪日以繼夜自行產生動力運轉，塔羅牌裡代表嚴謹理性的正義人像跟櫃檯人員一樣面無表情。他建的城池彷彿多面切割的水晶，像聖杯一的那座城，一座座矗立的摩天大廈窗戶多如刨絲刀上的小孔，有電梯上上下下，有高架道路環繞，不需要停車場，因為在地底挖鑿了蟻窩狀的明亮通道。這座城的尖塔衝破雲霄，將氤氳瘴氣埋入地心，以免遮蔽落地玻璃窗遠眺的視線，以及鍍鉻金屬的光芒。

但是弄臣每次開口，一邊擠眉弄眼、插科打諢，一邊散播猜疑、中傷、焦慮和驚慌。對他而言，這座城的運作是靠地獄之獸推動，貌似杯盞的城池下方冒出那些黑色翅膀說明威脅來自內部的潛在隱患。國王必須依循遊戲規則，他豢養愚者的目的不就是為了跟自己唱反調嗎？愚者或吟遊詩人或詩人發揮所長，推翻並嘲諷君王治國所本的價值觀，乃是古老且充滿智慧的宮廷習俗，他們向君王證明每一條直線都隱藏著扭曲的一面，每一個完成品都是由亂七八糟、無法對接的零件組合而成，每一番頭頭是道的論述都是信口開河。然而這些俏皮話有時難免會讓國王隱隱感到不安，也是預料中事，或者應該說這是國王和吟遊詩人的契約關係中必然會發生的結果，但依然讓人不安。不僅是因為惴惴不安

是面對不安的唯一方法，也是因為他確實感到不安。

此刻愚者引導國王走進讓我們大家迷路的那座森林。「我不知道在我的王國裡還有如此茂密的森林，」國王環顧四周後說，「跟他們批評我說我不讓樹葉透過毛孔呼吸，不讓植物將光轉化為綠色樹液正好相反，我覺得很高興。」

愚者說：「陛下，我要是你，就不會高興得太早。因為森林不是在燈火通明的都會區外面壯大它的暗黑勢力，而是在裡面，在你的順民和管理階層的腦袋裡面。」

「愚者，你在暗示我有些事脫離了我的掌控，是嗎？」

「我們等著看吧。」

茂密森林裡出現一塊空地，空地上有用挖出來的鬆軟土質鋪成的路徑、長方形的坑穴，以及像是從土裡冒出來的蘑菇般的一片白點。第十三號塔羅牌用這種叫人膽戰心驚的方式讓我們知道下層植被是用屍骸和枯骨當肥料。

「愚者，你帶我到什麼地方來？這裡是墓園！」

弄臣指著在墳墓裡大快朵頤的無脊椎動物：「統治這裡的君王比你更強大，是蠕蟲之王！」

「我第一次在我的王國裡看到如此毫無秩序可言的地方。負責掌管這一區的沒用傢伙是誰？」

「是我，陛下。」掘墓人登場，開始長篇大論滔滔不絕。「為了忘記死亡這回事，市民將屍體偷埋在這裡，草草了事。可是這種事也不是說忘就能忘的，大家還是會想起，就又跑回來檢查到底有沒有掩埋好。可是死人既然死了，跟活人肯定不一樣，要不然活人怎能有十足把握自己是活的呢？我說的對不對？所以啊，一會兒下葬一會兒又要開棺，挖土、填土再翻土，我永遠有做不完的工作！」掘墓人朝手心吐了一口唾沫，接著繼續鏟土。

這時我們的注意力轉移到另一張似乎刻意低調的紙牌上，女教皇，我們比劃疑惑的手勢指著那張牌，代替國王詢問掘墓人。

國王注意到一名婦人穿著修女披風，但是沒有戴上兜帽，蹲坐在墳墓間：「這名老嫗來墓地找什麼？」

「上帝保佑！入夜後有一群可怕的女人會來這裡，」掘墓人一邊劃十字一邊說。「她們擅長製春藥、寫魔咒書，到處尋找巫術所需的材料。」

「我們跟蹤她，搞清楚她在做什麼。」

「陛下，我才不要！」弄臣打了一個哆嗦，整個人往後縮。「求求你離她遠一點！」

「我得知道這種古老迷信在我的王國裡有多盛行。」國王向來固執，由掘墓人引路，跟在老嫗身後。

藉由群星這張牌，我們看見那婦人脫下披風和頭巾。她非但一點都不老，而且還長得很美。她一絲不掛，在如恆星般的皎潔月光照耀下，這名夜間造訪墓園的女子竟然跟皇后長得很像。第一個對此有所察覺的是國王，他認出了自己妻子的胴體，小巧的梨形乳房、圓潤的肩膀、飽滿的大腿和橢圓形的豐盈腹部。等她抬起頭，露出濃密披肩長髮下的臉龐時，就連我們也吃了一驚：若非她狂喜出神的表情明顯跟皇室肖像畫中的皇后不同，簡直跟皇后是同一人。

「這些低賤的女巫竟敢冒充有教養的地位顯赫之人？」這就是國王的反應，為了不讓人懷疑自己的妻子，寧願承認女巫擁有某些超自然能力，包括隨時變身的能力。若是換一個說法，或許更能解釋為何兩人如此相像（「我可憐的妻子心力交瘁，連夢遊症都發作了！」），但是他不得不立刻改口，因為她如果身處所謂夢遊狀態，怎能做如此費力的動作：她跪在一個墓穴旁，將混濁的愛情靈藥傾倒在地上。（也可以將她拿在手上的工具解讀為噴火的氫氧焰，準備切割靈柩的鉛蓋。）

不管她進行的動作是什麼，結果是她確實挖開了一座墳墓。因為這名纖弱女子的行動，另一張塔羅牌預告時間走到盡頭，審

判之日來臨的景象提前出現。女巫用兩支權杖和一條繩索拽著倒吊人的腳將他從墓穴中拉出來。這個死人的外觀保存良好，近乎藍色的濃密頭髮從面色蒼白的頭顱垂下，瞪大的眼像是因遭受暴力而死不瞑目，女巫輕輕一個手勢，讓他嘴唇上縮露出長且尖銳的虎牙。

我們並未因為氣氛太過恐怖而錯過一個細節：如果說女巫跟皇后長得一樣，那麼這具屍體和國王也毫無二致。唯一沒有發現這點的人是國王，他發出駭人驚嘆：「女巫……吸血鬼……有姦情！」如此說來，國王承認女巫和他的妻子是同一個人？還是他認為借用皇后容貌的女巫就應該履行皇后的義務？如果讓國王知道背叛他的人是皇后的分身而非本尊，說不定能讓他感到寬慰，只是沒有人有勇氣告訴他。

墓穴裡發生的事不可告人：女巫以母雞孵蛋的姿勢對屍體俯身彎腰，隨後死者便像權杖一直挺挺地站了起來，像聖杯侍從那

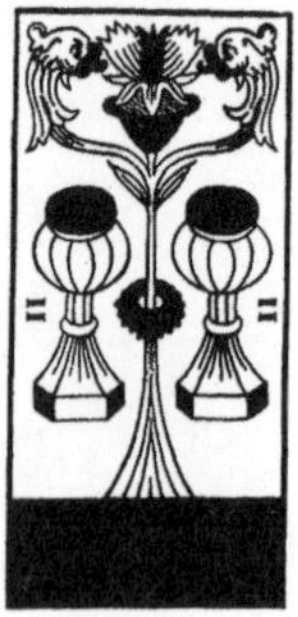

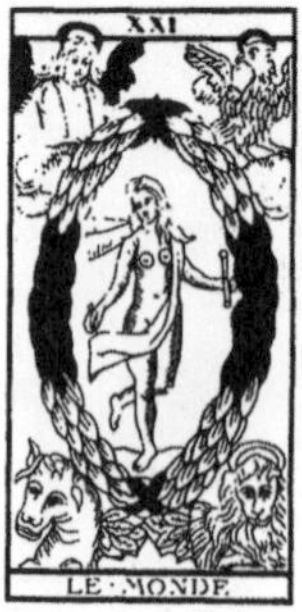

樣將女巫遞給他的酒杯送到唇邊，再像聖杯二雙雙舉杯，喝下杯中尚未凝結的紅色鮮血。

「在我那金屬般冰冷無生氣的王國裡居然還有吸血鬼，那是骯髒的封建邪惡組織！」國王的怒吼聲應該很高亢，他的頭髮一綹一綹豎立後再落下時已經花白。他一直以為自己統治的城池像整塊水晶切割的酒杯一樣堅固透明，沒想到實際上卻是一個千瘡百孔生了壞疽的陳年軟木塞，為了堵住亡靈之國潮濕腐爛的出口才卡在那裡。

「您不知道，」只有掘墓人才能解釋清楚。「那個女巫在夏、冬至和春、秋分的夜晚都會來上墳，把她親手殺死的丈夫挖出來，餵他喝她的血讓他復活，在仰賴其他人的血滋養自身脆弱動脈、溫暖變態罪惡性器的群魔聚集之夜與他交媾。」

關於這場瀆神的儀式，塔羅牌提供了兩個迥異的圖像版本，彷彿出自兩個不同的人之手：一張圖像粗糙，主角是面目可憎、

雌雄同體的蝙蝠人，名為魔鬼；另一張則是用彩飾和花環慶祝天與地的力量調和，也就是象徵合體的世界，有一名不著寸褸的女巫或仙女歡天喜地在跳舞（但刻出這兩張塔羅牌的很可能是同一人，是夜間膜拜儀式的祕密信眾，用呆板線條粗略鑿刻出魔鬼駭人的模樣，以嘲笑驅魔人和宗教裁判長的無知，同時不忘在他寄託祕密信仰寓意的圖畫上盡情展現裝飾技巧）。

「這位好漢，請告訴我，我該如何讓我的王國擺脫此一災難？」國王很快就從好鬥的衝動中回過神來，就教於高明，（寶劍牌提醒他，他屬於武力優勢的一方，所以）或許他是這麼說的：「我可以調動軍隊，他們訓練有素，可以智取，也可以強奪，可以講道理，也可以抓人入獄，可以用偷竊和縱火罪名處以絞刑，可以一網打盡斬草除根，不留寸草和生靈……」

「陛下，無需大費周章。」在入夜後的墓園裡什麼都看過的掘墓人打斷國王的話。「聚集的群魔在日出第一道光線灑下時，

所有女巫和吸血鬼、夢魔和魅魔都會奔竄逃跑，有的變身為貓頭鷹，有的變成這種蝙蝠或那種蝙蝠。我發現，披上動物外皮後，他們就不再刀槍不入，到了那個時候，只要偷偷設下陷阱，就能把那名女巫抓住。」

「我相信你說的，好漢，那我們就行動吧！」

一切依掘墓人的安排進行。從國王的手停留在那張神祕的大阿爾克納牌命運之輪上許久，我們至少可以做此推測。那張牌既呈現了動物變形的混亂樣態，也像是由命運掌控的一個陷阱（女巫變身為頭戴冠冕、令人作嘔的蝙蝠受困其中，她的兩個惡鬼下屬魅魔，因前肢被卡在轉輪內也無法逃脫），國王將這來自地獄的獸擒拿後利用轉輪發射臺拋擲到一去不復返的軌道上，擺脫重力場，如此一來被投向空中的所有一切都不會再掉落在頭上，或許會落在廣袤的月亮表面上，儘管月亮自以為維持皎潔清高不惹塵埃，實則它一直以來掌管著狼人變身、蚊蟲孳生和排卵周期。

敘事者神情焦慮凝視著將錢幣二固定住的那個S線條，彷彿那是他將礙眼東西徹底拋到視線外的唯一途徑，也就是從地球到月亮的軌道線。如果從女神寶座走下來的月神願意紆尊降貴擔任天體回收站的話。

一聲巨響。森林上空一道閃電劃破夜色，原本燈火通明的城頓時消失在黑暗中，可能是閃電擊中了皇家城堡，讓直達天際的那座塔崩塌，或是負荷過大的中央電力設備跳電，導致世界陷入一片黑暗。

「短路，長夜」，掘墓人和我們所有人腦中都想起這句不吉利的諺語，想像多名工程師（如大阿爾克納一號牌魔術師）在那一刻忙著拆開巨大的機械腦，試圖在亂七八糟的滾輪、線圈、電極和零件之間找出故障。

同樣的塔羅牌在這個故事裡初次和再次出現時得到不同解讀：敘事者因激動而顫抖的手又一次指向塔和倒吊人，彷彿想請

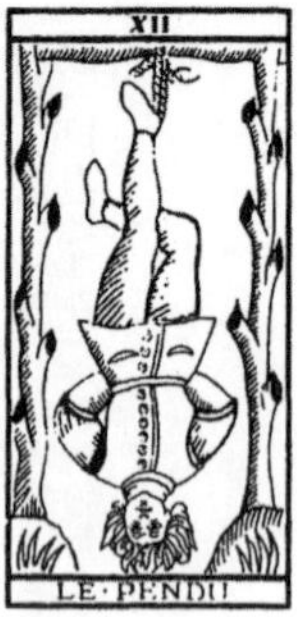

我們在貌似晚報刊登的社會新聞模糊照片中見證那殘酷的瞬間：一名女子從令人暈眩的高處、高樓大廈間的空隙墜落。前一張塔羅牌圖像用慌亂揮舞的雙手、翻飛的裙擺，及出現同樣倒栽姿勢的分身，具體而微呈現了墜落過程。後一張塔羅牌的人像則是在落地摔得粉身碎骨前，腳勾到電線懸空倒吊，藉此解釋電力故障。

透過愚者對國王焦急說話的聲音，我們在心裡重建了這起事件：「皇后！是皇后！她掉下來了！她整個人發光！你知道流星嗎？她要張開翅膀了！不對，她的腳被綁住！她頭下腳上，被電線勾住，卡在半空中！卡在高壓電那個位置！她腿一蹬，劈里啪啦，砰砰砰砰！我們愛戴的皇后斷氣了，死絕了！掛在那裡四肢僵直……」

人民揭竿而起。「皇后死了！我們的好皇后從露臺跳下去了！是國王殺了她！我們要替皇后報仇！」人群從四面八方奔跑或騎馬而來，他們手上有劍、棍棒和盾牌，有人還捧著一杯杯下了毒的血當誘餌。「這是吸血鬼的故事！王國被吸血鬼控制了！國王是吸血鬼！必須把他抓起來！」

關於尋覓和失去的兩則故事

圍在擺滿塔羅牌桌子旁的酒館客人開始互相推擠，大家無不奮力想在混雜的紙牌中整理出屬於自己的故事。故事越混亂、越被打散，就有越多紙牌能在排列有序的馬賽克拼圖中找到自己的位置。這個拼圖組合只是偶然的結果，抑或是我們之中有人耐著性子排出來的呢？

舉例來說，有一位老者在混亂中依然冷靜自持，每放下一張牌之前都會研究半天，彷彿專注思索自己能否勝任某項任務，或觀察看似微不足道的各類元素組合後得到的驚人結果。他修剪得宜的白色大鬍子很有學者風範，慎重其事的眼神流露出些許不安，這些是他跟錢幣國王人像的共同之處。他的樣貌，加上旁邊的聖杯和錢幣塔羅牌，讓他更符合窮盡一生鑽研元素組合及變形的鍊金術士形象。他盯著僕人兼助理聖杯侍從遞給他的蒸餾器和細頸瓶，看著裡面如尿液的濃稠液體沸騰，因為反應劑的緣故有靛藍色或朱紅色的彩色霧氣蒸騰，應該可以從中分離出金屬之王黃金的分子吧。然而期待落空，留在瓶底的只有鉛而已。

眾所周知，照理說，如果鍊金術士尋找黃金的祕密是為了致富，他的實驗注定失敗。必須擺脫私欲和個人侷限，與那些潛藏在事物底層流動的力量合而為一，等他真正完成初次自我轉化，其他轉化自然會跟著出現。這位老者將自己最好的歲月都奉獻給那個偉大工程，如今他像面對另一項偉大志業那般對待手中的塔羅牌，將一張張牌放入可以由上而下、由左而右或反方向解讀包括他自己故事在內的所有故事也無礙的那個矩形牌陣之中。但是正當他覺得自己終於讓其他人的故事言之成理時，卻發現自己的故事不見了。

他不是唯一一個在接序排列的塔羅牌中試圖找到方法改變內

在並呈現於外的人。還有一個人以年輕氣盛的自信，下意識地將整副牌中最勇敢的寶劍騎士人像比做自己，還將最鋒利的寶劍和最尖銳的權杖占為己有，以達到他的目的。只不過他繞了好大一圈（錢幣二的蛇行S線條），挑戰（寶劍二）巫師梅林（魔術師）在布羅塞利安德魔法森林（權杖七）召喚的來自地獄的邪惡力量（魔鬼），最後才得以坐上亞瑟王（寶劍國王）圓桌（聖杯十）那個至今無人能企及的位置。[1]

仔細觀察，鍊金術士和遊俠騎士兩個人的目標應該都是聖杯一，前者認為聖杯裡有燃素[2]或賢者之石或長生不老靈藥，後者則認為那是漁夫王[3]守護的聖物。第一個寫出聖杯傳奇的詩人[4]來不及對我們解釋這個神祕器皿究竟是何物，或許他是故意隱晦不說，自那時候起就有源源不絕的筆墨揮灑出各種臆測，而聖杯也成為羅馬基督教和凱爾特[5]基督教持續爭奪的目標（說不定那位詩人想要的正是讓教宗和德魯伊[6]——隱士之間的爭鬥永不停

歇。而保守祕密的最佳地點莫過於一本未竟的小說）。

總之，他們在聖杯一周圍排列其他塔羅牌試圖解決的問題，是鍊金術士的偉大工程，也是尋找聖杯大業。二人在同樣的塔羅牌上，看見了自身操作鍊金或冒險犯難的過程：太陽象徵黃金，或代表少年戰士的赤忱；命運之輪是永恆動力，也可能是森林魔咒；審判意味著（金屬及靈魂的）死亡與重生，抑或是上天的召喚。

在這個情況下，如果不能妥善建立機制，這兩個人的故事恐怕會持續成為對方的絆腳石。鍊金術士為了能夠完成物質交換，會讓自己的靈魂跟黃金一樣恆久不變又純粹，若是像浮士德博士那樣逆轉鍊金術士的規則，把靈魂當成交易物，讓自然停止腐壞，就不再需要鍊金，因為所有元素都一樣珍貴，世界即黃金，黃金即世界。對遊俠騎士而言也是如此，他所有行動皆服膺於一個嚴謹且不容置疑的道德準則，自然法則才能無私地維護大地生

生不息。但我們姑且假設有一個珀西瓦爾——帕斯瓦——帕西法爾[7]，顛覆了圓桌規範，所謂騎士精神對他而言不受意志左右，渾然天成，就像蝴蝶翅膀的顏色無從選擇，他漫不經心執行任務的時候，或許得以駕馭自然，將世間所有知識掌握在手中，搖身一變為魔法師或魔術師，讓漁夫王的創傷癒合，讓荒蕪大地再次綠意盎然。

所以，我們守在桌邊目不轉睛盯著看的這幅塔羅牌拼圖，是不用鑽研也無須尋覓就完成的偉大鍊金工程或追尋聖杯大業。浮士德博士不想再讓金屬的瞬間轉變仰賴他自身體內的緩慢變化，他對隱士孤獨生活中累積的智慧產生懷疑，對自己的鍊金技法就像面對亂七八糟的塔羅牌組合同樣感到一籌莫展。就在那瞬間，一道光照亮了他在塔頂的斗室，戴著威登堡學子頭上那種寬邊帽的一個傢伙出現在他眼前，或許是雲遊四方的修士，或許是唬人的魔術師，或是在市集出沒的江湖術士，架起一張長桌，擺出稀

稀落落幾個實驗器皿。

「你以為這樣就可以模仿我？」貨真價實的鍊金術士喝斥這個騙子。「你在這些鍋爐裡攪拌什麼東西？」

「世界起源的原生湯[8]。」那個陌生人如是回答。「礦物、植物、不同物種和智人系譜都在此湯內演化成形！」在其中一個用文火加熱的坩堝裡沸騰的物質正清晰呈現出他所描述的畫面。此刻在我們眼前的大阿爾克納二十一號牌也是如此。這張牌是所有塔羅牌中號碼最大，也是玩牌時計分最高的一張牌，在桃金孃花環中央飛出一名裸體女神，說不定是維納斯，環繞在她身邊的四個圖像應該是近期受人膜拜的象徵圖騰，也可能是為了與圖像正中央昂首飛翔的女神匹配，出於謹慎喬裝成其他樣子，真實面目是在奧林帕斯山取得世界統治權之前、撐起世界的人馬、美人魚、鷹身女妖和蛇髮女妖，或是證明人類霸權獨大（不知還有多久）之前，在大自然界獨領風騷的恐龍、乳齒象、翼手龍和猛獁

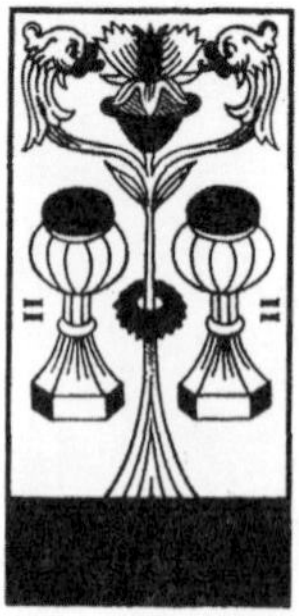

象。也有人認為出現在塔羅牌中央的人像不是維納斯，而是陰陽同體的赫馬佛洛狄忒斯，象徵抵達世界中心的靈魂，是鍊金術士必須走完的旅途最後終點。

「你也會鍊金？」浮士德博士開口問。那個人的回答是：

「你看！」他肯定是這麼說的。他鍊成的金條在家中裝滿一箱又一箱，讓浮士德看得兩眼發光。

「那麼你可以讓我回復青春嗎？」

那騙子拿出大阿爾克納牌愛情，將浮士德和花花公子唐璜的故事合而為一，顯然這個故事也在塔羅牌拼圖中。

「你要什麼條件，才願意透露那個祕密？」

聖杯二是鍊金祕術備忘錄，可以被解讀為硫、汞分離的靈魂，或是太陽和月亮的結合，又或者是固態和氣態的拉鋸，從各種角度切入理解皆可，但想要成功，你得花一輩子時間對著爐子吹氣以免火苗熄滅又得從頭來過。

我們這位夥伴自己似乎也在用塔羅牌解讀正在他的內在進行的故事。而此刻看來一切已經就緒：錢幣二扼要明瞭的圖像說明這是一個交易，是以物易物，是互易，既然對方要索討的是我們這位夥伴的靈魂，我們藉由背著一雙翅膀魅力登場的大阿爾克納牌節制認定此舉寓意單純；如果要交易的是行跡可疑的女巫的靈魂，那麼他的身分就只能是魔鬼。

有了梅菲斯托費勒斯的幫助，浮士德所有願望都能立即實現。應該說，實際情況是，浮士德渴望的所有東西都能轉換成為等值的黃金。

「你不滿意？」

「我認為財富是指擁有不同、多樣及可變性，來來去去都是一模一樣的金塊，越積越多，在我看來不過是自我重複，一成不變。」

他觸碰到的所有東西都會變成黃金，於是乎浮士德博士的故

事裡又加入了希臘神話彌達斯國王點石成金[9]的故事，錢幣一的地球儀變成一個實心的黃金球體，抽象的錢幣乏善可陳，不可食用也無生機。

「你後悔跟魔鬼簽下契約嗎？」

「不後悔，錯在當初是用一個靈魂交易一塊黃金。如果浮士德一次向許多魔鬼妥協，就能拯救他更多靈魂，能在塑膠材質底部找到黃金碎屑，能看到維納斯在塞普勒斯海岸邊不斷重生，清除石腦油漬和清潔劑泡沫……」

大阿爾克納十七號牌可以為鍊金博士的故事做個總結，也可以讓勇士冒險犯難的故事就此展開，從記錄他在星光下誕生開始。父不詳，母親是四處流浪的廢后，帕西法爾的身世是一個謎。為了避免他追根究底，他的母親（必然有她的理由）教導他絕不可發問，她一個人將他撫養長大，不讓他受嚴苛的騎士訓練。

四處奔走的騎士經過那片荒蕪之地，少年什麼都不問就加入他們，拿起武器，跨上坐騎，馬蹄踏過長久以來過度保護他的母親。

帕西法爾是因錯誤結合而生的孩子，在不知情情況下弒母，很快又捲入禁忌之愛。沒有任何羈絆、天真無邪的他四處遊走，對處世應有的人情世故一無所知，一切行事皆依循騎士準則，因為別人就是如此對他。他毫不隱藏自己的無知，出入被惡意遮蔽之境。

月亮這張塔羅牌中的荒原一望無際，水面無波的湖畔有一個城堡，城堡內有一座被詛咒的塔。漁夫王安佛塔斯住在此處，我們看到年邁體弱的他撫摸著無法癒合的傷口。那個傷口沒有癒合之前，將陽光轉化為綠葉和春分時節歡樂節慶的巨輪就不會轉動。

或許安佛塔斯國王的罪過在於他把一知半解、不成系統的雜學裝入一個器皿中，在城堡裡上上下下遊蕩的時候被帕西法爾看見，他想知道那是什麼，卻沒有開口問。帕西法爾的優點是這個世界對他而言太新奇，光是身處在這個世界就讓他應接不暇，根本想不到要對眼前所見發出疑問。他只需問一個問題，那第一個問題就會引發他從沒問過的關於這個世界的所有問題，隨之而來的是積存數百年、在出土文物甕罐底部凝結的沉澱物開始溶解，壓縮在地層間的「代」重新開始流動，未來重拾過去，數千年來被埋在酸沼裡的大量季節花粉再次在乾涸的塵土上空飛舞……

我不知道浮士德和帕西法爾花了多少時間（單位是鐘頭或年），看著酒館桌上一張又一張的塔羅牌，回溯他們的來時路。但他們每一次俯身看牌，就要換一種方式解讀這兩個人的故事，要根據那天的心情或思緒做出修正和改變，在兩個端點之間擺盪：所有或一無所有。

「世界不存在，」當鐘擺擺向另一個端點的時候，浮士德做出結論。「不會一次就擁有所有，但是一定數量的元素可以搭配出無數組合，而在這些組合之中只有少數能找到形式和意義，然後溶入沒有意義也沒有形式的塵埃中。就像這副塔羅牌有七十八張牌，排列組合後會出現一連串的故事，隨即立刻消散無蹤。」

帕西法爾（暫時得出）的結論則是：「世界的核心是空的，在宇宙中運轉的世界最初一片空無，在這個無的周圍建構出有，在聖杯底部有道。」他伸手指著塔羅牌拼圖中間那一方空白。

---

1 此指亞瑟王傳奇故事中的帕西法爾（Parsifal）。出身山林的他成為亞瑟王圓桌騎士團一員，踏上尋找聖杯之旅，因心靈純淨，最終得以親眼看見聖杯。

2 燃素（phlogiston），十七世紀的化學理論，認為所有物質在燃燒時，都會釋放一種燃素成分。但此說已被法國化學家拉瓦節（Antoine Lavoisier, 1743-1794）推翻。

3 漁夫王（Fisher King），亞瑟王傳奇故事中守護聖杯家族的最後傳人安佛塔斯（Anfortas），因下半身受傷行動不便，唯有命定可尋獲聖杯的帕西法爾成功治癒他的傷勢。

4 克雷蒂安·德·特魯瓦（Chrétien de Troyes, 1135-1190），法國吟遊詩人，咸認為他是亞瑟王傳奇故事及重要角色帕西法爾的原創作者。

5 凱爾特人（celts）為西元前兩千年分布在歐洲高盧、北義大利、西班牙、不列顛與愛爾蘭一帶、有共同文化和語言特質的民族統稱，與日耳曼人同被稱為蠻族。一世紀因羅馬帝國入侵不列顛，凱爾特文化逐漸融入羅馬文化；五世紀日耳曼人入侵不列顛諸島後，島上凱爾特族幾乎滅絕，僅蘇格蘭、愛爾蘭、布列塔尼等地區仍可見凱爾特文明痕跡。

6 德魯伊（Druid），凱爾特族僧侶，或稱祭司，掌管祭祀事宜，也是醫者、占卜家、記錄歷史的書吏，據說有與眾神對話的能力，字面意思為「橡樹的賢者」。在凱爾特社會中，其勢力可與王權相抗衡，甚至凌駕於王權之上。

7 帕西法爾在不同時期不同作者作品中的不同拼寫。十二世紀法國詩人克雷蒂安・德・特魯瓦稱珀西瓦爾（Percival），十三世紀德國詩人烏法蘭（Wolfram von Eschenbach, 1170-1220）稱帕斯瓦（Parzival），十九世紀德國作曲家華格納（Richard Wagner, 1813-1883）稱帕西法爾（Parsifal）。

8 原生湯（Primordial Soup）是探討生命起源的理論之一。認為三十五億年前，地球大氣層和海洋都飽含特定的化學物質，在紫外線照射下，加上閃電打雷釋放電火花，導致大氣氣體和海洋某些物質產生一系列化學作用，進而形成分子，因缺乏氧氣不足以進行新陳代謝，便會進一步形成複雜的有機分子，便是為最早的細胞。

9 希臘神話中彌達斯國王（Midas）收留並款待酒神戴歐尼修斯喝醉酒迷路的年邁導師西勒諾斯，將他送回酒神身邊。為表示謝意，酒神答應彌達斯許願，讓他擁有點石成金的能力。彌達斯卻面臨無法進食的困擾，女兒也被他變成一尊黃金雕像。

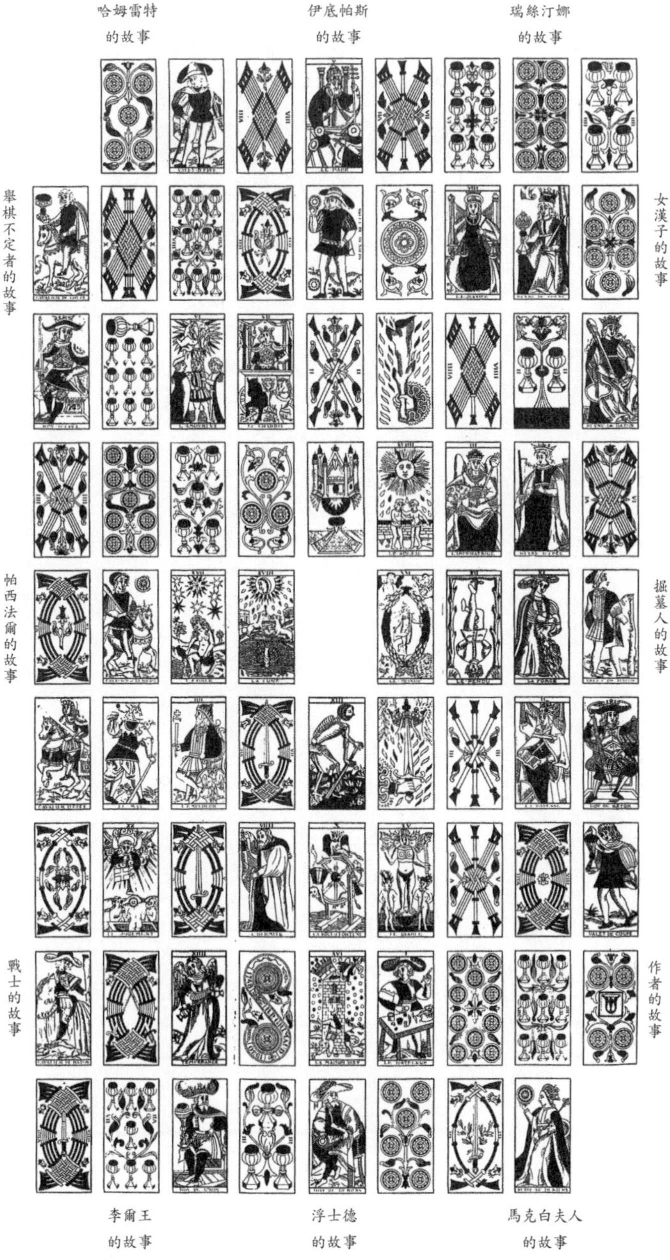
哈姆雷特的故事
伊底帕斯的故事
瑞絲汀娜的故事
舉棋不定者的故事
女漢子的故事
帕西法爾的故事
掘墓人的故事
戰士的故事
作者的故事
李爾王的故事
浮士德的故事
馬克白夫人的故事

我也試著說出我的故事

我開口前沉吟許久，斟酌著要從何說起，也該是時候說出我的故事了。可想而知，那兩個人的塔羅牌也適用於我，讓我來到這裡的故事是一連串的不幸遭遇，也或許是一連串錯過的相遇。

開始說故事之前，我得先讓大家注意權杖國王這張牌，上面坐著的那個人像如果沒有被其他人納為己有的話，那麼他就是我：他手中握著一個尖頭器械，頭朝下，跟我此刻的動作如出一轍。仔細打量那個器械，看起來很像是古代刻寫文字用的尖頭筆，或是鋼筆、削尖的鉛筆或原子筆，之所以比例失真是為了強調這個書寫工具對坐著的那個人的存在分外重要。我要說的是，正是那個其貌不揚的權杖尖端畫出的黑線引導我來此，所以可將權杖國王當作我的代號，至於權杖則可被視為在學校教小朋友寫

字時的一橫一豎筆劃，或是結結巴巴試圖跟人溝通時勾畫的線條符號，抑或是用來研磨成白色木漿、再製成一令又一令紙張供人書寫（意義再度交錯）的楊樹林。

對我而言，錢幣二也是一個交換的符號，從第一個書寫者畫出與其他胡亂塗鴉不同的第一個胡亂塗鴉開始，所有符號都是交換的符號，與交換易物脫離不了關係的這個書寫符號雖非腓尼基人所發明，卻跟金幣一樣躋身於流通循環體系，它不能從字面解釋，它可以讓那些沒有文字就一文不值的有價物更有價值，它準備就緒隨時可以自我成長並讓自己卓越昇華，你看這個字母在表意的形式表面加入了時間，開出了花朵，它是文學最初的元素，它表意的螺旋形始終與流動的意義相纏繞，為了表意而蜿蜒扭動的這個字母S已經準備好要展現其意義，而這個具有意義的符號之所以是S形，是因為其意義就來自於這個S形。

所有聖杯都是乾涸的墨水瓶，等待惡魔和地獄的邪惡勢力、

噬童魔、夜之頌、惡之花和黑暗之心在墨黑夜色中現身，或是精煉人類心靈思緒後傾注恩典和聖寵的憂鬱天使降臨。然而事與願違。我就是畫中那個聖杯侍從，低頭觀察自身皮囊，看起來不但不快樂，而且心煩意亂，形容枯槁，靈魂是乾涸的墨水瓶。那個魔鬼會來取走靈魂以確保我成功吧？

魔鬼應該是我職業生涯中最常遇到的一張牌。本來就該在毛茸茸的利爪、瘋狗般嘶咬、山羊頭角頂撞攻擊這些暗地裡蠢蠢欲動但被阻止的暴力行為表象中尋找書寫素材，不是嗎？不過事情可以從不同角度來看：在個人或群體、做過的或以為做過的事、說過的或以為說過的話中充斥滿滿的惡意，可能是為了呈現或說明事情的狀態不好，應該想辦法壓下去，也很可能凸顯了關鍵問題所在，既然有狀況，不如把一切都攤開來。而這兩種看事情的方式又有各種混搭組合，因為很可能負面思考雖然負面，卻又是必要的，因為如果沒有了負面思考，正面思考就沒有正面可言，

或者負面思考其實並不負面，因為唯一的負面就是自以為正面。

在這種情況下，書寫的人只能發展出一個難以匹敵的模式：那位因邪惡而備受推崇的侯爵用文字摸索探試思維的闇黑邊界（我們要用這副塔羅牌解讀的是一對姊妹花的故事，分別由聖杯皇后和寶劍皇后代表，一個宛如天使，另一個無惡不作。前者在修道院披上頭巾，一轉身就被一名隱士撲倒，從背後輕薄她。修道院院長或女教皇聽她埋怨此事後說：「瑞絲汀娜[1]，你不了解這個世界，金幣和寶劍享有不把他人當人看的權力，各種歡愉享樂沒有極限，跟制約反應的組合一樣多變，因為那是由能夠制約反應的人所決定。你妹妹茱麗葉可以帶領你認識愛情裡性開放的祕密，你能從她那裡學到，有人以旋轉凌虐之輪為樂，有人享受被頭下腳上倒吊的滋味。」）

這一切彷彿是文字承載的一場夢，透過書寫者得以自我解脫，讓夢自由。在作品裡傾吐的即是被壓抑的。所以說不定白鬍

子教皇是偉大的心靈牧人，是塞孟多[2]的夢之解析者，要想確認這一點，得檢查能否在這些塔羅牌的某個角落窺見那個故事，因為從常規判斷，那個故事就藏在所有故事的字裡行間。（以金幣侍從為例，他想要擺脫一個不幸的預言：弒父娶母。於是他乘著華麗的馬車出發，信馬由韁。權杖二象徵塵土飛揚的大道上出現一個岔路口，不對，是大家都知道的那個岔路口，去過該處的人必能認出那個岔路口是從科林斯來的路與通往底比斯的路交會之處。權杖一見證了發生在這個岔路口，而且是三叉路口的一場紛爭，互不相讓的結果是兩輛馬車的輪軸相互卡住，滿身塵土的馬車夫怒氣沖沖跳下來，像販夫走卒那樣扯開嗓門叫嚷，辱罵對方，說另一人的父母是豬是牛，這時候只要其中一個從口袋裡掏出利刃就有可能造成死傷。果不其然接下來出現的牌是寶劍一、愚者和死神，從底比斯方向來的那個陌生人倒地不起，總算學會控制自己的脾氣，至於你呢，伊底帕斯，你不是故意的，我們知

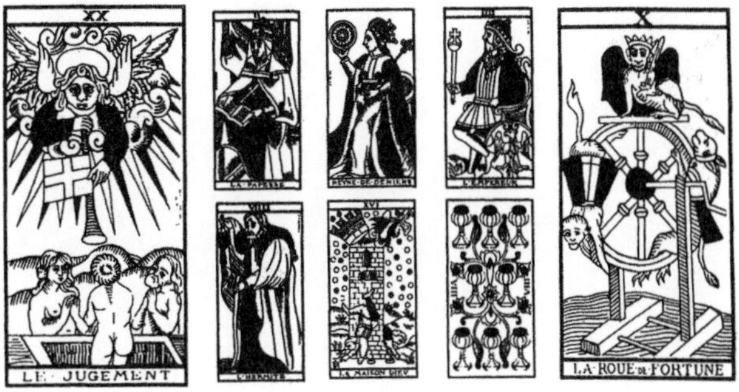

道，你是一時衝動，但手持武器撲向對方的確實是你，而且十分迫不及待。緊接著出現的牌有命運之輪，也可以說是獅身人面的斯芬克斯，有志得意滿踏入底比斯的皇帝，還有象徵與國王遺孀伊俄卡斯忒舉辦婚禮喜宴的聖杯，以及身穿喪服、不再年輕但風韻猶存的錢幣皇后。預言應驗了，底比斯瘟疫爆發，菌雲籠罩全城，大街小巷臭氣沖天，人人身上冒出紅色和藍色的膿包，倒在路邊不起，從乾裂的唇伸出舌頭舔拭泥濘水坑裡的水。這時只能向德爾菲神殿女祭司請示，究竟犯了哪些法條或禁忌才遭致大禍降臨。戴著冠冕的年邁女祭司手邊有一本攤開的書，還有一個奇怪的標籤，女教皇，是她沒錯。其實細看，由審判或稱天使的大阿爾克納牌可以聯想到塞孟多的夢境主要場景：年幼的小天使半夜醒來，在迷濛睡意中看見媽媽、爸爸和其他受邀前來的大人們赤身露體，擺出令人不解的姿勢，不知道在做什麼。在夢境中說話的是命運。我們必須意識到這一點。知道了事情原委的伊底帕斯刺瞎自己雙眼，隱士這張牌代表的正是這個舉動，之後他便做朝聖者打扮，披上斗篷、拄著木杖往雅典附近的柯隆納斯方向走去。）

這個故事經由書寫，如神諭般發人深省，如悲劇般洗滌心靈。總之，無須挑剔批判。畢竟這段書寫是以特定人物、文明，或某個社會階級為本。至於我呢？原以為值得一書的或許出眾、或許乏善可陳的我的個人故事呢？如果我能召喚一個作者陪伴我戰戰兢兢走過「有了人生歷練」（大家現在都這麼說）的我的個人命運之境，他只能是來自格勒諾布爾的那位利己主義作者[3]，來自鄉下的他征服了全世界，以前我一邊讀他的書，一邊期待能從他那裡知道我該「寫」（或「經歷」，這兩個動詞很容易混淆，對他而言是如此，對當時的我而言或許也是）什麼故事。如果他願意應我的召喚而來，他會向我建議哪些牌呢？我還沒動筆寫的那本小說裡的塔羅牌，會有激發熱情、也帶來焦慮和欺騙的愛情，

野心勃勃意氣風發的馬車，以及讓你無從閃躲卻又對幸福抱有美好期待的世界嗎？但我此刻只看到一成不變的場景，日復一日的單調艱辛生活，像雜誌攝影照片中的那種美。我以前期待從他那裡得到的祕訣是這個嗎？（寫小說的祕訣以及跟小說有某種神祕關聯的是「人生」嗎？）是什麼讓這一切集結在一起之後就轉身離開呢？

淘汰一張牌，再淘汰一張牌，我手中只留下少許幾張牌。寶劍騎士、隱士、魔術師都是我，我坐著不動、在稿紙上振筆疾書時輪番如是想像我自己。在字裡行間中噠噠的馬蹄聲漸漸遠離，是那位年輕戰士疾馳而去，急於證明自己，熱血沸騰冒險犯難，在被塗塗抹抹和揉皺的紙團上廝殺搏鬥。在接下來那張塔羅牌上，我發現自己變成一名年邁的僧侶，多年來困居於斗室，彷彿圖書館裡的老鼠在油燈照明下巡視被遺忘在注腳和目錄索引間的知識。或許是時候該承認塔羅牌一號是唯一能夠真實再現我究竟是誰的一張牌：變戲法的或玩幻術的他，在市集攤位上擺出幾個人偶搬演起來，讓它們聯繫互動、交換錯置，得到一定可觀的效果。

所謂變戲法，是將塔羅牌排成一列後從中變出故事，我也可以用美術館的畫作依樣畫葫蘆。例如，用聖耶柔米[4]取代隱士，用聖喬治[5]取代寶劍騎士，看看會發生什麼事。機緣巧合，現在出現在我面前的，都是最吸引我的繪畫主題。我在美術館裡常常駐足在不同的聖耶柔米畫作前。畫家多以坐在洞穴口，幕天席地專注研究典籍的學者形象來呈現這位隱士，還有一頭馴養乖巧的獅子蜷臥在不遠處。為什麼會有獅子？隱喻書寫文字可以馴服熱情？讓大自然力量屈服？和宇宙非人類力量和諧共生？孕育出隱忍克制但隨時爆發撕咬的暴力？想怎麼解釋都可以，那些畫家就喜歡聖耶柔米身邊有一頭獅子（古代抄寫員秉持一貫的交換互惠原則，把古羅馬奴隸幫獅子拔除掌中刺，鬥獸場上獅子認出他報恩的故事當真），而我看到他們在一起就覺得心滿意足又有安全感，試圖代入自己，但既不是代入聖人也不是代入獅子（雖然他們往往如此相像），而是代入在一起的他們，代入他們的合體，代入那幅畫，畫中的人像、物和風景。

風景中，閱讀和書寫的對象散落在岩石、草叢和蜥蜴間，變成礦物—植物—動物演替的成品和工具。這位隱士身邊各式陳設中有一具骷髏，因為書寫文字總是會讓人想起曾經被寫下又被抹去的某個人，或原本打算閱讀的文字。難以言說的大自然將人類論述納入了自己的論述中。

要注意的是，我們並不在沙漠、叢林或魯賓遜那座荒島上，城市僅距離兩步之遙。以這位隱士為主題的畫作幾乎都以城市為背景。杜勒[6]的一幅版畫中，城市佔據了整個畫面，低矮的金字塔上有一座座方塔和尖屋頂，聖人佝僂著背坐在前方一處高地上，背對城市，目不轉睛盯著書看，身上穿著一件僧侶袍。在林布蘭[7]的一幅銅版畫中，高聳的城市矗立於四處張望的獅子上方，戴著寬邊帽的聖人坐在胡桃樹蔭下專心看書。入夜後，畫中隱士看著窗內點點燈光亮起，風帶來一陣陣歡樂的樂聲。如果起心動念，只要一刻鐘就能返回人群之中。衡量隱士的境界高低不是看他遁世之所距離城市多遠，而是距離多近，能否時時刻刻看見城市。

或是讓畫中孤獨的書寫者待在書房裡。如果沒有獅子，其實很容易把聖耶柔米跟聖奧古斯丁[8]搞混。寫作這個職業會讓不同的人生均一化，每一個伏案寫作的人跟另一個伏案寫作的人沒有什麼不同。除了獅子，還有別的動物也會來探訪孤獨的學者，隱諱傳遞來自外界的訊息，包括孔雀（安托內羅·達·梅西那[9]畫作，收藏於倫敦）、小狼（杜勒其他版畫）和一隻馬爾濟斯（畫家維托雷·卡帕齊歐[10]畫作，收藏於威尼斯）。

這些以室內為背景的畫作特別之處在於特定空間內會有一定

數量的不同物品擺設，光影和時間在這些東西表面上遊走，例如精裝書、羊皮書卷、沙漏、星盤、貝殼，還有懸吊在半空中展示天體如何運轉的天球儀（杜勒則用一顆南瓜代替）。安托內羅的畫就是如此，聖耶柔米或聖奧古斯丁坐在畫面正中央，而我們知道這幅人像畫其實集一切之大成，那個房間再現了學者的心靈空間、淵博的學識理念，以及他內心的秩序、分類和平靜。

或許還有不安。在波提切利[11]的畫作中（收藏在烏菲茲美術館），聖奧古斯丁變得有點神經質，揉了一個又一個紙團丟在桌下。向來一派寧靜，可以專心致志、自在從容的書房裡（我說的是卡帕齊歐的畫作）忽然叫人高度神經緊繃：攤開的書散落四處書頁翻飛，半空中的天球儀晃來晃去，窗外照進來的光線昏暗不明，小狗也仰起頭。在這個室內空間裡有一場地震正在醞釀，智性的和諧對稱正在往極端的妄想執念靠近。抑或是外面的轟隆吵雜聲導致窗戶震動？以城市為背景，才能凸顯隱士避居荒野的意義，安靜、井然有序的書房是地震儀紀錄震動的最佳場域。

我已經在此閉關多年，琢磨著千百種理由說服自己不要出去，卻找不到一個能夠讓我平心靜氣接受。我是為我表達自己的方式過於外顯感到懊惱嗎？有一段時間我參觀美術館時，總會比對並質疑那些以聖喬治屠龍為主題的畫作。這個主題的畫有一個特色：大家都能看出畫家很高興自己畫了聖喬治。是因為畫聖喬治不需要對他的故事深信不疑，只需要相信繪畫本身，不需要相信主題嗎？聖喬治的狀況不大穩定（作為傳說中的聖人，他跟神話故事裡的柏修斯[12]很像；作為神話英雄，他就像是童話故事裡的弟弟角色），畫家好像都知道，所以大家看他的眼神難免「不加掩飾」，但同時又願意相信他，所有畫家和作家都願意相信一個以各種形式呈現過的故事，因為同一主題畫了又畫，寫了又寫，就算不是真的，也會變成真的。

在這些畫家筆下，聖喬治的臉跟塔羅牌寶劍騎士的臉一樣毫無特色，他和龍的搏鬥是印在徽章上的過時圖案，可能是卡帕齊歐畫中騎在馬背上準備戰鬥的他，像自行車車手那樣低著頭，讓我們覺得他神情專注，在自己所在的半張畫紙上攻擊從另半張畫紙上撲過來的龍（仔細觀察周遭，有腐敗程度不同的屍體重新建構出故事的時間進程）；或是像羅浮宮裡拉斐爾那幅畫，馬和龍交錯相疊形似花押字體，聖喬治居高臨下用長矛攻擊怪獸咽喉，如天使般出手乾淨俐落（另一幅畫描述故事後續發展，地上是斷成幾截的長矛，後方是驚慌的處子）；也可能是公主、龍、聖喬治並排站的畫面，那隻龍（更像是恐龍！）佔據中央位置（保羅・烏切洛[13]兩幅畫作，分別收藏於倫敦和巴黎）；或是聖喬治擋在龍和近景的公主之間（丁托列托[14]畫作，收藏於倫敦）。

總而言之，在我們眼前完成任務的聖喬治，身上始終穿著盔甲，沒有透露關於他自己的一絲訊息。這位行動派人士不適合當心理學代言人，但我們可以說那隻充滿憤怒、心態扭曲的龍很適合：敵人、怪獸和失敗者都有勝利英雄作夢也想不到的一種感傷悲慟心理（也許是英雄掩飾得宜）。要將龍視為心理學化身並不難，其實應該說牠代表一種心理狀態，是聖喬治面對的內心黑暗面，一個讓許多年輕男女飽受折磨的敵人，引發陌生厭惡感受的內在敵人。這是向世界投射正能量的故事，抑或是一本內省日記？

有一些畫作的主題是屠龍之後（龍是倒在地上的一團黑影，洩了氣的皮囊），與大自然重歸於好，林木茂密，岩石占據整幅畫，聖喬治和怪獸被打發到角落裡（阿爾特多費[15]畫作，收藏於慕尼黑；喬久內[16]畫作，收藏於倫敦）。或是以歷劫後的慶典為主題，大家環繞在英雄和公主身邊（畢薩內洛[17]畫作，收藏於維隆納；卡帕齊歐畫作，收藏於威尼斯的斯拉夫聖喬治會堂[18]）。（大家心知肚明難免感慨：英雄是聖人，所以舉行的不是婚禮，而是施洗禮。）聖喬治用繩索把龍拖到廣場上，以公開儀式處死。然而在這場慶祝城市擺脫噩夢的慶典中，無一人露出笑容，全都臉色凝重。號角和鼓聲響起，我們前來見證斬首行動，聖喬治高舉寶劍，所有人摒住呼吸，依稀明白那隻龍不僅僅是敵人、異類、他者，也是我們，要面對審判的是一部分的自己。

斯拉夫聖喬治會堂四面牆上的繪畫是聖喬治和聖耶柔米的故事，一幅接著一幅，彷彿是同一個故事。或許真的是同一個故事，同一個人的人生，從青春到成年到衰老到死亡。我唯一能做的就是找出讓騎士豐功偉業和學者孜孜不倦合而為一的線索。如果我此時此刻真的成功地將聖耶柔米由內而外、聖喬治由外而內翻轉呢？

好好想一想。仔細觀察比對，這兩個故事的共同點在於都有一頭猛獸，分別是敵對的龍和友善的獅子。龍威脅城市，獅子威脅孤獨。我們可以把牠們視為同一隻動物，是我們無論對外或對內、在公眾面前或私領域裡都會遇見的那頭猛獸。住在城裡的人犯的錯是，接受猛獸提的條件，將我們的孩子送給牠。住在孤獨裡的人犯的錯是，以為自己高枕無憂，以為猛獸腳掌中的刺讓牠變得沒有攻擊力。故事裡的英雄是在城裡用長矛指著龍咽喉的人，也是在孤獨中將活力充沛、從未掩飾獸性的獅子留在身邊，當成馴養的護衛和守護者的人。

我總算成功收尾，心滿意足。但是我會不會太流於說教？重看一遍。要不要撕掉？等一下。首先要說的是，聖喬治和聖耶柔米的故事沒有先後，我們站在房間中央，而他們兩個同時出現在我們眼前。這個關鍵人物若不能是動手又動腦的戰士兼智者，他就誰都不是；同樣的，那頭猛獸既是在日復一日的血腥獻祭中與城市敵對的龍，也是守護思想空間的獅子。除非兩種形式同時並存否則無法反抗。

我總算讓一切各得其所。至少白紙黑字上是如此。在我內心深處一切如昔。

1 瑞絲汀娜（Justine），是法國作家薩德侯爵（Marquis de Sade, 1740-1814）於一七九一年發表的作品《瑞絲汀娜，或喻美德之不幸》（*La Nouvelle Justine ou Les Malheurs de la vertu*）女主角。盲目堅持基督教犧牲奉獻精神的她遭遇各種不幸，受盡欺凌，反觀展現人性惡劣面的妹妹茱麗葉卻享盡榮華富貴。

2 塞夢多（Segismundo）是西班牙作家卡爾德隆（Pedro Calderón de la Barca, 1600-1681）劇作《人生如夢》（*La vida es sueño*）男主角。身為波蘭王儲的塞夢多因星象預言他長大後會謀反，成為殘酷冷血的無神論君主，自幼被父王囚禁在高塔內，過著半人半獸的生活。後來父王後悔帶他入宮，他因喜怒無常、行為乖張，再度遭到囚禁，百姓不滿國王迷信之舉，起義討伐擁立塞夢多為王。塞夢多感到自己的人生起伏如夢一般，真假虛幻難測。

3 指法國作家斯湯達爾（Stendhal，本名Marie-Henri Beyle, 1783-1842），最知名的作品有《紅與黑》（*Le Rouge et le Noir*）、《帕爾馬修道院》（*La Chartreuse de Parme*）。

4 聖耶柔米（Hieronymus, 347-419或420），聖經學者，也是西方教會中最博學的教父，是將聖經由希伯來文正式翻譯為拉丁文的第一人，該版本俗稱《拉丁文通行譯本》（*Vulgate*）。

5 聖喬治（Sanctus Georgius，西元三世紀），天主教聖人，殉道烈士，經常以屠龍騎士形象出現在西方文學和藝術作品中。

6 杜勒（Albrecht Dürer, 1471-1528），德國版畫家、雕刻家，研究文藝復興構圖及透視技巧，成功融合文藝復興及哥德主義風格。

7 林布蘭（Rembrandt van Rijn, 1606-1669），荷蘭黃金時代繪畫的代表人物，擅長透過光線明暗變化，凸顯人物心理層次。

8 聖奧古斯丁（Augustinus Hipponensis, 354-430），早期天主教神學家，天主教會封為教會聖師。

9 安托內羅．達．梅西那（Antonello da Messina, 1430-1479），義大利文藝復興時期西西里畫家，受早期尼德蘭畫派影響，著重呈現光線及氛圍，同時兼顧義大利畫派的紀念性和空間的理性分配。

10 卡帕齊歐（Vittore Carpaccio, 1465-1526），活躍於十五、十六世紀的威尼斯畫家，畫作多紀錄威尼斯共和國的生活與社會面向。

11 波提切利（Sandro Botticelli, 1445-1510），義大利文藝復興時期翡冷翠畫家，著名畫作有《維納斯的誕生》、《春》。

12 柏修斯（Perseus），希臘神話中宙斯的兒子。完成斬殺蛇髮女妖梅杜莎的任務。

13 保羅．烏切洛（Paolo Uccello, 1397-1475），義大利中世紀末、文藝復興初畫家，結合晚哥德藝術和透視法，形成獨特的個人繪畫風格。

14 丁托列托（Tintoretto, 1518-1594），義大利文藝復興晚期畫家，威尼斯畫派代表人物。因其特殊的透視手法和光線運用，被視為巴洛克繪畫的先鋒。

15 阿爾特多費（Albrecht Altdorfer, 1480-1538），德國畫家，多瑙河畫派（Donauschule）主要代表人物，以全新觀點呈現人與大自然神祕力量之間的關係。

16 喬久內（Giorgione, 1478-1510），義大利文藝復興時期威尼斯畫派代表人物，明暗層次豐富，筆觸細膩，人物與風景自然交融。

17 畢薩內洛（Pisanello, 1390-1455），義大利晚哥德畫派畫家，重視色彩運用，筆觸工整。

18 斯拉夫聖喬治會堂（Scuola di San Giorgio degli Schiavoni），一四五一年成立於威尼斯的兄弟會，以協助當地的亞得里亞海沿岸移民，大多數成員是水手和工人，主保聖人為聖喬治，室內有卡帕齊歐繪製的七幅壁畫，其中兩幅主題是聖喬治，三幅主題是聖耶柔米。

關於瘋狂與毀滅的三則故事

我們眼睜睜看著這些髒兮兮的紙牌變成美術館裡的大師名畫、上演悲劇的劇場，以及典藏詩篇和小說的圖書館，為能與大阿爾克納牌那些圖像匹配，對著貧瘠文字默默反覆琢磨還不夠，必須不斷拉昇，拍打著文字最豐盈的羽翼，試著往高處飛。或在距離舞臺最遙遠的劇院迴廊裡側耳傾聽，等待拍翅聲將布幔被蟲蛀蝕的搖搖欲墜舞臺變成皇宮和戰場。

有三個人此刻爭執不休，他們比劃著優雅的手勢，彷彿正在朗讀演說。那三個人各伸出一隻手指向同一張牌，另一隻手加上誇張的表情努力澄清那些圖像的意思是這樣而非那樣。例如因用法和方言不同而有不同名稱的那張牌，可以是塔、上帝之家或魔鬼之家。一位（貌似）用寶劍給頭頂搔癢的金色（或白色）長

髮青年看見艾森諾城堡出現在視線裡的時候，城堡內一隊站崗哨兵因見到鬼魂在夜色中現身而驚慌失措。昂首闊步的鬼魂鬚髯灰白，頭盔和胸甲閃閃發亮，既像塔羅牌裡的皇帝，也像已故的丹麥國王，回來要求伸張正義。面對這令人不解的顯靈，紙牌代替青年說出他心中疑惑：「為何你墓穴沉重的封蓋重新開啟，你的屍體再度穿上鋼鐵護甲，散發令人毛骨悚然的月光重返塵世？」[1]

結果一名神情亢奮的貴婦人插入打斷青年，她認為塔那張牌指的是三名女巫隱晦暗示的復仇之地丹新南高堡：當勃南森林爬上山丘斜坡，一排排樹木掙脫土壤束縛踏著樹根奮力前進，像權杖十那樣高舉枝椏攻擊堡壘，篡位者才明白原來用刀劃開母胎剖腹而生的麥克德夫也會用刀砍下他的頭顱。[2]於是乎這幾張牌詭異地接連出現有了意義，女教皇應該是預言的女巫；在月光下或夜色中，虎斑貓喵喵叫了三聲，豪豬尖聲嗷叫，蠍子、蟾蜍、毒蛇被抓住準備熬湯；命運之輪可能象徵在咕嚕作響的大鍋中畫

圓，攪拌鍋中被施了法術的木乃伊、山羊膽汁、蝙蝠皮、胎兒腦髓、臭鼬胃、到處亂排泄的猴子尾巴，讓它們溶解；同樣的，女巫胡亂拼湊在一起的那些無意義符號，早晚會找到讓它們言之成理的另一個符號，使你和你的邏輯化為一團漿糊。

還有一根顫抖的手指指向大阿爾克納牌塔和閃電，那是一名老者，他用另一隻手拿起聖杯國王，顯然是為了讓大家明白他的身分，畢竟他衣衫襤褸，身上不見任何皇室標誌，兩個不近人情的女兒什麼都沒有留給他（他先指向兩個頭戴皇冠、面無表情的仕女人像，再指向背景一片荒蕪的月亮塔羅牌）。[3]他現在還想將這張牌占為己有，藉以證明他如何被趕出他的皇宮，像一袋垃圾被人傾倒在城牆外，在人神共怒中被遺棄。如今他棲身暴風雨中，暴雨和狂風就是他所能擁有的另一個家，彷彿天地間除了冰雹、雷鳴和暴風雨外什麼都沒有，正如他的心靈只有狂風、雷電和瘋狂在肆虐。「吹吧，狂風，直到你臉頰出現裂痕！洪流

傾洩，颶風肆虐，將鐘樓淹沒，讓公雞風向標溺斃！硫磺色的電光，比思維更迅捷，閃電一道又一道接力劈裂橡樹，我的白髮也被燒灼！雷聲，你撼動全世界，將這個球形天體的厚度壓縮成一個扁圓體，你打破自然定律，將永存於人類本質的忘恩負義染色體散播出去！」我們在這位垂垂老矣的君王眼中讀出了如暴風雨般翻騰的心事，他坐在我們之中，蓋在他佝僂內縮肩背上的不再是貂毛斗篷，而是隱士穿的粗布長袍，彷彿他在油燈微光照明下依然走在無處休憩的荒野中，愚者是他唯一依靠，也讓他看見自己的痴狂。

然而對先前那位青年而言，愚者卻是他預設自己扮演的角色，以便進行報復，並掩飾得知母親葛楚德皇后和叔叔罪行後的心煩意亂。如果說他這樣是罹患了精神官能症，那麼每次精神官能症發作都是因為融入角色，而每次融入角色，便會導致精神官能症發作（被困在這個塔羅牌遊戲裡的我們再清楚不過）。哈

姆雷特這個故事說的，其實是年輕人和老年人之間的關係：年輕人面對年長者的威權表現得越軟弱，就越容易有偏激和極端的想法，同時也越容易受困於年長者的陰影無法掙脫。年輕一輩帶給老一輩的不安並不會比較少，年輕人如鬼魅般陰魂不散，低著頭在老年人身邊兜轉，心懷怨念，把老一輩深藏的內疚悔恨挖出來，鄙視他們自以為擁有的優點：經驗。所以，哈姆雷特，你儘管裝瘋賣傻吧，成日衣衫不整、帶著一本書悠晃。還未定性的年紀有心理困擾也是正常。而他母親發現他為奧菲莉亞痴狂（戀人），由此推斷他是得了相思病，如此便能解釋一切。被無辜牽連進去的自然是奧菲莉亞，可憐的天使，代表她的大阿爾克納塔羅牌是節制，同時預告她溺水的結局。

魔術師這張牌說明有一個雜耍團或一群街頭伶人要在宮廷獻藝演出，是讓罪人俯首認罪的絕佳機會。劇中那名通姦殺夫的女皇是不是影射葛楚德皇后？叔叔克勞迪倉皇逃跑。哈姆雷特知

道叔叔此刻躲在窗簾後面窺視他，只要拔出寶劍往微動的布幔猛力一刺，新任國王就會倒地不起。老鼠！是老鼠！我賭我能讓他一劍斃命！豈料躲在窗簾後面的不是國王，而是（如隱士牌所暗示）年邁御前大臣波隆尼爾，維持偷聽的姿勢死於劍下，他是見不得光的可憐間諜。哈姆雷特，你連反擊都不會，不但沒有告慰你父親的冤魂，反而讓心愛的女子成為孤兒。你的個性取決於你的抽象思考模式，而代表你的錢幣侍從專注地凝視著一個圓形圖案，或許是蔓陀蘿，那是超脫塵世的和諧圖繪。

就連很少沉思默想的那位貴婦人，我們可以稱她為寶劍皇后，或馬克白夫人，在看到隱士牌的時候也嚇了一跳，或許她看到的是另一個鬼魂現身，是被割斷咽喉、身穿兜帽長袍的班柯在城堡迴廊上費力前進，未經人邀請便坐在宴會的主位上，血沿著亂糟糟的頭髮滴進湯裡。也或許她看到的是自己的丈夫，再也無法入眠的馬克白，他半夜拿著油燈去一間又一間客房查探，像

不想成為枕頭套上汙點的蚊子那樣猶疑不決。「血淋淋的手，蒼茫茫的心！」馬克白夫人慫恿教唆丈夫下手，不代表她比他更狠毒。這對佳偶分工合作，兩個自私的人相遇結婚互相較量，私人結盟的裂縫由此開始擴散，共同利益是建立在個人的殘暴行為上，不堪一擊。

我們注意到李爾王發現隱士與瘋瘋癲癲、四處漂泊尋找女兒蔻蒂莉亞的自己神似（節制是另一張消失不見的牌，這一次只能怪他自己）。他因為聽信葛內莉爾和蕾根兩個女兒的花言巧語，誤會了小女兒蔻蒂莉亞，將她逐出宮廷。不管父親對女兒做什麼都是錯，無論專制或開明，孩子都不會開口對父母說感謝。父母和子女互看不順眼，交談是為了產生誤解，為自己成長過程的不快樂和失望心死怪罪對方。

蔻蒂莉亞去了哪裡？沒有棲身之所也沒有禦寒衣物的她或許躲在這片荒野中，喝溝渠裡的水解渴，跟埃及的聖瑪利亞[4]一樣有小鳥帶小米來讓她充飢。這或許是大阿爾克納牌星星的意思。同樣這張牌，馬克白夫人看到的卻是罹患夢遊症的自己，半夜起床不著寸縷的她，閉著眼睛凝視手上的血跡，拼命洗手卻無濟於事。這樣不夠！血腥味依然洗不掉，全阿拉伯的香料都難以讓那雙柔荑變香。

哈姆雷特對如此解讀提出異議，他的故事裡已經進行到（大阿爾克納牌世界）奧菲莉亞發了瘋，口中念念有詞，或哼唱童謠。在草地上遊盪的她手中有好幾個花環，「毛莨、蕁麻、雛菊和另一種細長的花朵，口無遮攔的牧羊人給它們起了一個不雅的名字，而那些端莊的少女則稱其為死人指頭」，為了能把故事繼續說下去，他需要那張牌，大阿爾克納十七號牌星星，牌中人像是奧菲莉亞，她在溪邊俯身望向水面，目光呆滯混濁，下一秒就會溺斃，頭髮被浮萍染成綠色。

躲在墓園墳塚間的哈姆雷特一邊想著死亡，一邊舉起他父王

弄臣約利克下顎脫位的頭骨（也就是錢幣侍從手中捧著的那個圓形物）。這個以扮演愚者為業的人死了，根據宮廷規範原本可以透過弄臣宣洩和投射的瘋狂毀滅欲望，現在又加上王公貴族和臣民的口無遮攔和無心之舉。哈姆雷特知道不管他做什麼都會發生失誤，他們真以為他沒辦法殺人？那可是他唯一做得到的事！問題出在他總是攻擊錯誤的對象，每次他出手殺人，都殺錯了人。

寶劍二，決鬥中兩把劍交錯，看起來兩把劍並無不同，但一把鋒利另一把滯鈍，一把有毒另一把無毒。總之，率先動手廝殺的總是年輕人，如果命運眷顧，雷爾提和哈姆雷特本該是姻親，不會成為彼此的劊子手和受害者。克勞迪在聖杯裡丟了一顆珠子，那是打算讓侄子服下的毒藥。不，葛楚德，不要喝！但是皇后口渴，已來不及阻止！同樣來不及阻止的還有哈姆雷特刺向國王的劍，第五幕已到尾聲。

這三齣悲劇都是以凱旋的國王駕著戰車歸來宣告落幕。挪威王子福丁布拉在死氣沉沉的波羅的海島國下船，皇室悄然無聲，這位軍隊將領走進大理石宮殿裡，赫然發現陳屍遍地，整個丹麥皇室家族都已喪命。高傲易怒的死神啊！你為了邀請他們參加你幽冥洞窟中有進無出的盛宴，竟用你的鐮刀當裁紙刀翻開一頁頁哥達年鑑[5]，一口氣讓諸多皇戚貴冑陪葬？

不，來者不是福丁布拉王子，而是蔻蒂莉亞的夫婿法蘭西國王，他渡過英吉利海峽前來救援李爾王，圍困老臣葛羅斯特私生子愛德蒙的軍隊，愛德蒙是兩位針鋒相對的邪惡女王爭奪的對象。可惜法蘭西國王未能及時解救被俘虜的蔻蒂莉亞和已經瘋癲的李爾王，被關在籠子裡的他們學小鳥歌唱，嘲笑如蝴蝶般的侍臣。那是這個家庭第一次露出些許祥和氛圍，若是殺手晚幾分鐘到就好，可惜他準時趕到，割斷蔻蒂莉亞的咽喉後反遭李爾王割喉而亡。老父親大喊：「為何一匹馬、一條狗或一隻耗子都擁有生命，而蔻蒂莉亞卻沒有一絲呼吸？」忠心耿耿的老臣肯特也只能對他說出這句祝福：「碎吧，心啊，求求你，碎吧！」

除非來者既不是挪威王儲，也不是法蘭西國王，而是蘇格蘭國王，那位被馬克白篡了位的正統王位繼承人。如今他的戰車領著英格蘭軍隊逼進，馬克白終於開口說：「我對太陽始終高懸天空感到厭倦，但願這世界早日崩解，讓紙牌、對開書頁和映照災難的鏡子碎片全部混成一片。」

1 莎士比亞《哈姆雷特》（*Hamlet*）。

2 莎士比亞《馬克白》（*Macbeth*）。

3 莎士比亞《暴風雨》（*The Tempest*）。

4 埃及的聖瑪利亞（Mary of Egypt, 344-421），十二歲時離家，墮入紅塵縱慾荒淫度日。後隨朝聖團前往耶路撒冷，想進入教堂親吻十字架時遭神祕力量阻擋在外，她向聖母像祈禱許願，成功進入教堂告解懺悔後，聽到聖母聲音要她穿過約旦河，遠離塵世，隱居荒漠四十七年間幾乎不需要飲食，死後由獅子挖坑埋葬。獲天主教會及東正教會封聖。

5 哥達年鑑（*Almanach de Gotha*），薩克森哥達阿爾騰堡公國（Herzogtum Sachsen-Gotha und Altenburg）腓特烈三世（Friedrich III, 1699-1772）任內開始記錄重要的歐洲皇室家族及其他貴族資訊，於一七六三年至一九四四年間出版。

跋[1]

喬爾喬・芒葛內利[2]

「我感覺自己宛如置身華貴宮廷。這座城堡並不起眼又地處偏僻，本不該作此聯想，然而不僅大廳陳設雕琢，餐具器皿無不精緻，而且在座人人盛裝打扮，長相俊美，神色放鬆自若。於此同時我又察覺到一絲散漫失序，或可以說是放縱隨興，彷彿這座城堡不是名門貴族的宅邸，而是一間旅店……」，以夢境般的文字，專注又帶著困惑，伊塔羅・卡爾維諾在他所在之處探索……什麼？他探索的不是單一事件，嚴格來說，也不是一則故事，而是一幅中世紀晚期的畫面，既日常又抽象，既骨瘦嶙峋痛苦難耐，又有血有肉溫暖熱情。城堡，或從嘲諷、出人意表的角度稱其為「宅邸」，那是一個模稜兩可的場域，高貴卻乏善可陳，氣派又兼有俗世的混亂。就像紙牌，密密麻麻的紋章圖案，被玩牌人寄託了個人喜悅與憤怒、汗水與悔恨，玩弄於股掌間。沒錯，一副紙牌，不是愛麗絲奇遇故事裡除了鏡子之外，用來推進故事的那種圖案平板、有趣的紙牌，而是古老、內涵豐富、充滿隱喻的紙牌，是具有儀式性、如同神諭般難以捉摸的圖示標誌。

卡爾維諾這本極其典雅的迷人作品核心，正是塔羅牌。就圖像學而言，那是非常珍貴的一副牌，由柏尼法丘．本博等人於十五世紀繪製，在此時刻重現，僅存的那些塔羅牌閃爍著金光、釉亮，有交纏的植物藤蔓和幾何花紋，有謎語，交錯有致。永遠無法開口說話的仕女和騎士圍坐在桌旁，桌上放了這副牌，是集所有可能之大成，是一本羅列各種假設的型錄，是關於這個世界的一本神祕字典。人類命運中所有宿命的結都約化為紙牌上的符號，聯合起來佔據了那個沒有溫度的奢華空間，在那個空間裡排列組合，剔除掉所有日常喧囂、行禮如儀、特權瀆職、災難橫禍、心醉神迷、死亡紀事和晦暗不明的認知過程。

被迫保持靜默的其中一人伸手去拿塔羅牌，毫不遲疑地選擇了其中一張，具有自畫像特質的那張，隨後拿取第二張與前一張並排，以此類推。

那些圖像和符號或意味深遠，或意味不明，敘述一則沒有言語的故事。每一張牌都是一個紋章，其儀式感在遮掩之餘又突顯了那些非同小可的人為事件，並將之神聖化，傳達的不是時間順序，而是命運的軌跡。一張牌接著一張牌，第一個敘事者坦承自己因莽撞而招致不幸，以及短暫的林中戀情。但那些牌，每一張牌，都具有多重意義。另一個無法說話的人接續下去，用同樣那些塔羅牌的其中一張開始，讓新的故事誕生，往不同方向發展。在第一個故事裡，聖杯一讓倒楣的青年得以解渴，在第二個故事裡變成了鍊金術士的生命之泉；大阿爾克納牌節制是輕易投入感情的少女，她可能身穿修女袍出現，也可能象徵大自然。故事繼續，帶出另一個故事，而這個故事又帶出另一個故事。最後所有塔羅牌鋪滿桌面，所有賓客把這些塔羅牌當成自己的告解，那是一本在我們面前攤開的宿命字典，按照我們選擇的路徑，展演所有可能的人生，包括敘事者，或讀者的人生。

所以說，每一張牌都有不同但相互間有所聯結的多重意義，可以做無限解讀，解讀文本，或解讀人生：「每個故事都跟另一個故事有交集，一人用塔羅牌持續推進故事的同時，另一人可以從前者的起點往反方向前進，因為從左到右、由下到上陳述的故事，可以從右到左、由上到下去做解讀，反之亦然。」所以，「舉例來說，地下城旅人的故事，其實就是把天空之城旅人的故事倒過來說……」。

對那些執著於結構、特別是句法結構，而且有所謂「紋章寫實主義」傾向且引以為傲的人而言，卡爾維諾這個寓言故事是讓人眼睛一亮、難能可貴的作品。這個高明且觀察入微的故事設定背景是古代，好向我們保證「絕無可能」，而我們開始信以為真：這個圖解寓言故事的每一句、每一個情節轉折，都以圖像為本，是在為圖像做註解，與圖像亦步亦趨，巧妙地融合了明快透澈和難解糾結，在陳述釋疑過程中收穫無限的喜悅與痛苦，令人暈眩的多重意義，和注定得不到明確結局的一段旅程。

卡爾維諾這個手法讓原本進退維谷的困局得以解套。故事結尾在桌子上排列出來的塔羅牌圖案，很可能因為在對立面找到同一性，最終將失序和意義連結起來：「奧蘭多來到混亂的中心，那裡是矩形塔羅牌陣和世界的中心，也是所有可能秩序的交會處」。大阿爾克納牌正義可能是「象徵滿桌塔羅牌排列組合背後隱含的理性邏輯」。禁欲又玩世不恭的矛盾姿態可以翻轉論述，進而正確解讀論述。頭上腳下的倒吊人說：「就讓我這樣吧。我經歷過這一遭總算明白。世界必須倒過來看，一切便清楚了。」

說不定這個理性邏輯，這個混亂的中心其實是華美但空洞的虛構。故事的意義僅在於「說」故事。這個遊戲引人入勝又叫人心煩意亂，因為那是悲劇帶給我們的最大或唯一感受。跟帶有警示意味的神祕倒吊人正好相反的，是另一張大阿爾克納牌，魔術師。這個人像身穿紅衣，坐在一張小桌子後面，手裡握的可能是一支筆，不過他用的是左手，意義不明，「有人說他是江湖術士，或是忙於行使巫術的巫師」，也可能是詩人。「在銀白的月亮上，阿斯托弗遇見詩人，企圖在他的詩句中加入八行詩的韻腳、情節鋪陳、合理論述和胡言亂語。如果詩人真的住在月亮上，或曾經在月亮上住過，深入了解過月亮核心，應該可以告訴我們月亮是否收錄了宇宙所有文字和事物的韻腳變化，月亮是否與荒誕無理的地球相反，是一個通情達理的世界。『不，月亮是一片荒漠。』從放在桌上的最後一張牌推斷，詩人應該做了如是回答。那張牌是錢幣一，光禿禿的一個圓。『所有論述和詩都來自這個乾涸的天體；每一趟旅行，無論是否經過森林、戰場、藏寶閣、宴會廳或壁龕，最終都會把我們帶回這裡，帶回這個虛無地平線的中央。』」

1（原注）原文標題〈頭下腳上看世界〉（*Il mondo ammirato con la testa in giù*），刊登於《快訊》週刊（*L'Espresso*），XVI，十二，一九七〇年三月二十二日，頁二十二。

2 喬爾喬・芒葛內利（Giorgio Manganelli, 1922-1990），義大利作家、文學評論家，六〇年代前衛文學運動的重要推手之一。

大師名作坊 928

命運交織的城堡

作　者—伊塔羅・卡爾維諾
譯　者—倪安宇
編　輯—張瑋庭
美術設計—廖韡
內頁排版—芯澤有限公司

總編輯—嘉世強
董事長—趙政岷
出版者—時報文化出版企業股份有限公司
108019臺北市和平西路三段二四〇號三樓
發行專線—（〇二）二三〇六—六八四二
讀者服務專線—〇八〇〇—二三一—七〇五
（〇二）二三〇四—七一〇三
讀者服務傳真—（〇二）二三〇四—六八五八
郵撥—一九三四四七二四時報文化出版公司
信箱—10899臺北華江橋郵局第99信箱
時報悅讀網—http://www.readingtimes.com.tw
電子郵件信箱—liter@readingtimes.com.tw
法律顧問—理律法律事務所　陳長文律師、李念祖律師
印　刷—勁達印刷有限公司
二版一刷—二〇二三年十二月二十二日
定　價—新臺幣三五〇元
（缺頁或破損的書，請寄回更換）

時報文化出版公司成立於一九七五年，
並於一九九九年股票上櫃公開發行，於二〇〇八年脫離中時集團非屬旺中，
以「尊重智慧與創意的文化事業」為信念。

命運交織的城堡 / 伊塔羅・卡爾維諾(Italo Calvino)著；倪安宇譯 . –
二版 . – 臺北市 : 時報文化, 2023.12
面; 公分 . – (大師名作坊;928)
譯自：Il castello dei destini incrociati
ISBN 978-626-374-639-8

877.57　　　112019305

ISBN 978-626-374-639-8
Printed in Taiwan